吉本隆明

思想家にとって戦争とは何か

シリーズ・戦後思想のエッセンス

安藤礼二

NHK出版

目次

はじめに

「母型」と「戦争」——吉本隆明とは何者だったのか

私が吉本隆明《よしもとたかあき》の著作をはじめて手にしたのは、一九八二年に角川文庫から刊行された『共同幻想論』である。いまでも手元に残っているその書物の奥付は、一月三十一日初版発行、三月十日三刷発行となっている。私は、東京郊外の大規模なスーパーマーケットのなかに併設されていた書店で、『言語にとって美とはなにか』Ⅰ・Ⅱ（同年二月初版発行）、『心的現象論序説』（同年三月初版発行）とともに購入したはずである。中学二年生から三年生に移り変わろうとしていた時期であった。

もちろん、そのとき、とうていその内容が理解できたとは思えない。しかし、私にとって吉本が切り取ってくる『遠野物語』や『古事記』の断片（『共同幻想論』）、「海」を目の前にした狩猟人がもらす原初のつぶやき（『言語にとって美とはなにか』）、「分裂病」の少女が見続けた光景（『心的現象論序説』）は、異様な感銘をもたらした。それほど早熟でも鋭敏でもなかったごく普通の中学生がなぜ難解で知られる吉本の代表作をわざわざ手に取って、しかも購入したのか。それは「角川」の文庫であったことが大きい。

私は、当時、「角川」の文庫で江戸川乱歩《えどがわらんぽ》や横溝正史《よこみぞせいし》、さらには半村良《はんむらりょう》の著作をむさぼり読んでいた。今日では伝奇小説と一括される作品群である。私は、彼らが書き続けていった膨大な世界が、ただ単に、商業的な成功だけを目的とした作り物であるとはとても思えなかった。そこには「異世界」への憧憬《しょうけい》、もう一つ別の夢幻的な世界を自らの言葉だけで構築していこうとする、やむにやまれぬ執意があった。そう思われた。当時の「角川」は、作家たちの過去の作品をリバイバルさせるだけでなく、彼らに発表の場を与えていた。「電話帳」（もはやとうに死語であるが、あえて使わせていただく）のように分厚い月刊誌『野性時代』である。

『野性時代』は、純文学とエンタテインメントといった区分を無化してしまう、内容的にも分量的にも破格なものであった。その雑誌で、吉本は毎月、特異な「詩」を書き続けていた。『野性時代』のなかで吉本のページだけが文字通り異彩を放っていた。内容的にもレイアウト的にも、他の作家、他の作品からは孤絶していた。しかし、そこにはたった一つだけ、共通する心情が貫かれていたと思う。吉本は、それに、『共同幻想論』が文庫として刊行される際に新たに付された「序」、しかもその最終の段落で、過不足のない言葉を与えてくれている。吉本は、こう書いていた——「この本のなかに、わたし個人のひそかな嗜好が含まれてないことはないだろう。子供のころ深夜にたまたまひとりだけ眼がさめたおり、冬の木枯の音にききいった恐怖。遠くの街へ遊びに出かけ、迷い込んで帰れなかったときの心細さ。手の平をながめながら感じた運命の予感の暗さといったものが、対象を扱う手さばきのなかに潜んでいるかもしれない。その意味ではこの本は子供たちが感受する異空間の世界についての大人の論理の書であるかもしれない」。

「子供たちが感受する異空間の世界」。もし文学的な表現が生まれ、文学的な表現を通して実現が目指される境地を一言であらわすとしたなら、これ以上のものはないであろう。吉本が、この「序」を書き終えたのは昭和五十六年、一九八一年の十月二十五日のことである。それから三十五年以上が過ぎ去ったいま、もはや初老となりつつあるこの私に、晶《しょう》文社《ぶんしゃ》から現在も刊行中である『吉本隆明全集』の月報に収録する予定の原稿依頼がきた。予定されているのは第十八巻、吉本のこの一文が書かれたまさにその時期、一九八〇年から一九八二年にかけて世に問われた作品群、著作群が集大成される巻であった。私にとって出逢《であ》いの偶然が一つの必然となった（この「はじめに」は、その月報として書かれた原稿がもとになっている）。

収録される著作は、文芸時評集である『空虚としての主題』『源氏物語論』、そして連載

「アジア的ということ」である。主題も、それを追究していく方法も、それぞれまったく異なったものである。しかし、その根底には、あの「子供たちが感受する異空間の世界」が貫かれている。吉本は、自らが探求すべき主題と方法を端的に表現することを可能にする一つの概念を発見する。『源氏物語論』の冒頭の章のタイトルとしても採用された「母型」である。子供たちがそこから生まれ、異和を覚えながらも、絶えずそこに帰還しようと願っているところ。母親の母胎にして表現の「母型」。吉本は、『源氏物語』と同時に文芸誌に日々発表される作品を読み解いていくことで「女流」の力を再発見していく（『空虚としての主題』）。それは同時に、極東の列島に生まれた文化と表現の母胎にして「母型」、その可能性と不可能性を再発見していくことでもあった（「アジア的ということ」）。

『源氏物語論』の最終章で、吉本は光源氏の執意の核にあるものを「母型をもとめる近親相姦の願望」と記している。「近親相姦」の禁止を、人間社会を律している諸制度とするならば、人間関係の「母型」にして人間表現の「母型」に到達するためには、人間が作り上げてきた諸制度を根本から解体していかなければならない。その果てに見出されるものとは何か。「自然を言語の文法としてみる伝統的な感性」（「源氏物語と現在」）である。人間の無意識にして自然の無意識、人間の母型にして自然の母型、つまりは自然そのものが発し、自然そのものとなった母なる言葉、「母型」の言語である。吉本隆明とは、「母型」としての表現、「母型」としての人間を求め続けた表現者なのである。

「母型」を求め続けた表現者であり思想家であった吉本隆明。残された著作は膨大である。一体どのようにして、その可能性の中心にたどり着けば良いのか。

私が選んだのは愚直にその著作群を読み解いていく、という方針である。本書は、吉本が残した膨大な著作群のうちで最も重要であると思われるものを、書物としてまとめられた順序に従ってただひたすら読み進めていくという構成をとっている。その結果、「母型」を求め続けた吉本隆明の思想と表現の起源に「戦争」があったことに気づかされた。時間と空間という限定を乗り越えていく「母型」と、時間的にも空間的にも限定された「戦争」と。吉本隆明という表現者はその二極に引き裂かれ、それゆえ、固有性をもちながらも普遍性を志すことができた。ある意味において、近代日本が生み出すことができた最大の著述家である。

吉本隆明は、近代日本の可能性と不可能性の両面（「母型」と「戦争」）を兼ね備えた表現者である。「戦争」の起源であるとともに、それを乗り越えていくもう一つ別の可能性をも秘めた「母型」を、生涯をかけて探った人である。本書のサブタイトルを「思想家にとって戦争とは何か」とした所以《ゆえん》である。「母型」と「戦争」は表裏一体の関係にある。

吉本の代表作とされる『言語にとって美とはなにか』『共同幻想論』『心的現象論序説』はその最良の成果である。また、『母型論』『アフリカ的段階について』は間違いなく思想家としての達成である。しかし、『母型論』『アフリカ的段階について』と書き進めていく晩年の吉本は、あまりにも「母型」に魅入られ、「母型」そのものに呑み込まれてしまったかのようにも思われる。可能性がそのまま不可能性に転化してしまったかのように、「母型」に新たな「戦争」の種子が孕《はら》み込まれてしまったかのように……。

「母型」は豊饒《ほうじょう》な場所であると同時にきわめて危険な場所でもある。本書の最後を、麻原《あさはら》彰晃《しょうこう》を好意的に論じる吉本隆明で閉じたのも、思想家のもつ両義性、近代日本のもつ両義性を決して忘れないためである。私は吉本隆明の営為に深い尊敬の念を抱いている。しかし、それを盲信的に崇拝するわけではない。吉本隆明の営為を批判的に捉え直し、批評的に継承していくことこそが今後必要不可欠になると考えている。そのために、まずは吉本隆明とは一体何者であったのか、その思想と表現の全体像を提示しなければならないであろう。本書が試みたのはただその一点、吉本隆明の可能性の中心を浮き彫りにするということである。

その目標を実現するため、基本的には書かれ、発表された順序に従い、吉本の代表作のそれぞれがもつ意義、その可能性を論じていくという全体の構成に沿いながら、そのところどころに四つの独立した論考を組み入れることにした。Ⅰ冒頭の「詩語の発生」、同じく末尾の「イエスと親鸞」、Ⅱ後半の「異族の論理」、Ⅳ末尾の「〈信〉の解体」である。しかしながら、これら四つの論考のいずれも、本書の通奏低音となっている吉本の諸著作の読み解きから可能になったものである。それゆえ、内容において重なり合うところが多々ある。そうした反復もまた、吉本の生涯と思想を論じ切るために私にとっては必要不可欠なものであった（それぞれの論考の初出については本書巻末の「後記」にまとめているので参照していただきたい）。

「戦争」を条件として、表現の「母型」、関係の「母型」を求め続けた一人の思想家。その思想家の可能性と不可能性を確定した地点から、新たな時代の思想と表現がはじまるはずである。

I

詩語と戦争

1　詩語の発生

吉本隆明とは一体何者だったのか。私は、表現が生まれ出てくる起源の場所（「母型」）、さらには、そこから生まれ出てくる起源の表現（「詩語」）を求め続けた人だと思っている。表現のもつ可能性と不可能性を、理論的にも実践的にも探究していく。それが、吉本隆明がやり続けたことだ。

私は、そのことこそが最も広義の「批評」であると考えている。だからこそ、思想の世界においても、文学の世界においても、吉本隆明は孤独であったように思われる。しかし、そこには一人のかけがえのない先達がいたはずだ。民俗学者にして国文学者である折口信夫《おりくちしのぶ》である。折口もまた、釈迢空《しゃくちょうくう》という不可思議な筆名を用いて、短歌・詩・小説・戯曲と日本語で可能なすべての創作の分野で優れた作品を残した。私は折口信夫もまた、最も広義の「批評家」であったと考えている。

折口信夫から吉本隆明へ。そこにこそ最も豊饒な「批評」の系譜を見出すことができる。私の吉本隆明論は、その地点からはじまる。

理想とした詩人

二〇〇六年、思潮社から、吉本隆明の『詩学叙説』と『詩とはなにか』（詩の森文庫）が相次いで刊行された。この二冊の書物のおかげで、ありとあらゆる主題のもと膨大な著作を残してきた吉本隆明の本質とでも言うべきものが浮かび上がってきた。

後世の人から、結局のところ吉本隆明は一体なにを表現しようとしていたのかと尋ねられたとき、迷うことなくこう答えることができる。吉本隆明とはなによりも「詩」を書き、そしてそれと同時にその「詩」の言葉を根底から思考した人であった。つまり「詩語」の発生を自ら生き、その発生の条件を徹底的に考え抜いた人であった、と。しかしこのような二つの側面が、一人の書き手のなかで両立することはきわめてむずかしい。「詩人」であり、同時に詩の「批評家」（「理論家」）であること。両者は互いに激しく矛盾し、その矛盾ゆえに特異な個性と豊かな作品世界とが生み落とされる。それが吉本隆明の書くもののすべての基盤となっているのだ。

吉本が自らの理想とした「詩人」は宮沢賢治《みやざわけんじ》である。そのことは無償の情熱の産物である『初期ノート増補版』に収められた若々しくも未完の論考や断章群からもよく理解できる。しかし、賢治的な世界は、実際は吉本という書き手の個性からは最も遠くある、そう喝破したのは実の娘、よしもとばななであった。『言葉からの触手』が文庫となったとき、そこに付された「解説」にそう記されていた。卓見であると思う。それは吉本の表現の本質を見事に射抜いた言葉であると同時に、そうした想いは吉本自身にも共有されていたようである。

『詩とはなにか』に収録された「なぜ書くか」という貴重な証言にはこうある。「自己資質という言葉が、ぴったりとあてはまったあの無償の〈書いた〉時期は、わたしにとっても、わたし以外のどんな表現者にとっても遥かな遠い以前の痕跡である」、と。吉本がここで言う自己資質の世界、「すくなくとも瞬間的には外界とまったく隔絶された世界を幻想として所有し」、それを作品として自由に表現できた唯一の書き手こそ、他ならぬ宮沢賢治だったからである。吉本にとって現在自分が活用できる表現の力だけでは絶対に到達することのできない、自己資質に直結した世界、それが賢治の「童話的世界」の本質を形づくっているのである――吉本隆明にとっての宮沢賢治についてはⅣ 最後の吉本隆明」の「1 偏愛的作家論」のなかで、その読解の核心をまとめている。

吉本隆明にとって「詩」とは、宮沢賢治の試みのようにほとんど実現不可能な「直接性」の言語への希求の果てに、かすかに望み見られるものであった。すべての間接的なもの、慣習的なものを解消して、自らを突き動かす「表現」そのものにたどり着くこと。その「表現」が成立する「固有」の時間と空間を明らかにすること。自己資質の世界を喪失した「後」から詩作をはじめた吉本が、詩人として出発するために詩集『固有時との対話』（私家版、一九五二年）にまとめあげられた断章群を書かなければならなかったのは、そのためである。

それでは『固有時との対話』とは一体なにを意味しているのだろうか。なによりもその言葉の集積は「自らの固有時といふものの恒数をあきらかに」することを目指して組織されていた。粘り強く持続する強靱《きょうじん》な「構築」への意志のもと、あらゆる言葉を吟味し、そのなかから自らに固有な「詩語」の世界を作品として結晶化させてゆくこと。あたかも化学実験に従事する技術者のように、言葉の成分を分析し、異なった言葉同士を配合し、それらを新たな組織表に基づいて配列し直してゆくこと。その過程は、今日『固有時との対話』の背後に無数に犇《ひし》めく「初期詩篇」の膨大な群れとして誰もが検証することができる。文字通りの、言葉の「実験」、そしてそこから発生する言葉の化学作用。そのとき、言葉は異種結合の火花を散らしながら、「わたし」という形態に整えられてゆくだろう。それは言葉の自律的な運動に従いながら、「わたし自らが感じている風と光と影とを計量し」、その固有の「風景」を描き出すことと等しい。しかし同時にそこに現れ出るのは「わたしを拒絶する風景」になるかもしれない、そして結局のところ詩人はそこで「すべての境界があえなく崩れてしまふやうな生存の場処にわたしが生存してゐることを」見出すことになるのかもしれないのだ。

そのような〈わたしの形態〉が「極限の姿で」立ち現われるところ、「わたしの形態がまことに抽象」される「生存の断層」——詩集に頻出する喩でいえば「空洞」——に詩としての言葉を与えること。そして「自らの閉ぢられた寂寥《せきりょう》」が宿るその「空洞」を、さまざまに「転位」させ、そこからあらゆるイメージの「形態」を生み出すこと。それが、この詩集が実現しようとした唯一の事柄である。吉本が憧れた、自然にむせかえる賢治の「童話的世界」からのなんという隔たり。だが、この内なる「空虚」こそ、間違いなく吉本がその後にあらわすことになるすべての表現を規定しているものなのである。吉本はこの「空虚」を、自然環境および身体からの二重の「異和」として読み替え、その基本構造の解明を、『心的現象論序説』（および二〇〇八年に、文化科学高等研究院出版局より、ようやく巨大な一冊の書物として刊行されたその本論、『心的現象論本論』）の中心的なテーマとして設定した。柳《やなぎ》田国男《たくにお》の著作への共鳴、『共同幻想論』に結実する三重の幻想領域の抽出なども、すべてはこの「空虚」に固有の言葉を与えるための悪戦苦闘の軌跡であった、そう言い切ってしまってもよいだろう。

つまり吉本隆明とは「詩人」としての出発点に立ったときから、宿命的に詩の「批評家」たらざるを得ない「悲劇」（これは吉本が『悲劇の解読』で使った意味で捉えていただきたい）

を生き抜いた希有《けう》の表現者だったのである。だからこそ『言語にとって美とはなにか』(全二冊、勁草書房、一九六五年)という難解で長大な言語の詩的機能(言語の「自己表出」)についての論考が書かれなければならなかったのである。「詩」の発生を論理的・批評的に突き詰めてゆくこと、それは「詩人」でありながら、というよりも自ら「詩人」であるために、吉本が必然的に選択しなければならない一つの道であった。そしてそのとき、おそらく吉本が最も依拠したのが折口信夫の一連の仕事である。

『固有時との対話』から『言語にとって美とはなにか』を生み出すために、さらには「詩人」にして「批評家」という二重性を生き抜くために、吉本は折口信夫の文学発生論をもとにした自分なりの「詩語」の発生論、「詩とはなにか」を書かなければならなかったのである(「詩とはなにか」が雑誌に発表されたのが一九六一年七月、『言語にとって美とはなにか』の連載が開始されるのが同年九月からである)。吉本はそのなかにこう書き記している。とうとう自分の「詩作の過程に根拠をあたえなければ、にっちもさっちもいかない時期」になった。そのためには、詩の本質が生まれ出てくる「発生の極小条件」を明らかにしなければならない、と。自らのそのような想いに共振してくれる思想家こそが折口信夫であり、そこから吉本の言語論のすべてがはじまっているのである。

柳田国男と折口信夫

「詩とはなにか」以降、折口信夫の存在は、吉本の思索にとって切り離せないものとなっていった。しかし折口が吉本のなかに立つ位置は非常に微妙である。たとえば吉本が自らのうちに孕みもっていた「詩人」と「批評家」の二面性。そのうち「詩人」に関しては先ほども触れた宮沢賢治が特権的な参照基準となっている。

それでは「批評家」として吉本が理想としていた者とは一体誰だろうか。おそらくそれは折口ではなく、柳田国男であろう。『共同幻想論』から「柳田国男論」を経て『母型論』にいたる理論的な著作の主要な参照基準として、またサブカルチャーの積極的な取り込みに関しても、吉本にとって柳田国男という存在は非常に大きかった、というよりも別格の位置を占めていたと思われる。

宮沢賢治と柳田国男。この両者からの巨大な影響を吉本の著作の上に認めることについては、客観的にもほとんど異論はないはずである。事実、吉本自身も両者について、それぞれ美しくも戦慄《せんりつ》的な書物を一冊ずつ書き上げている。

それでは折口信夫に関してはどうだろうか。吉本には、正面切って折口を論じた書物は存在しない。そして吉本の思想を論じる論者の側から、吉本隆明と折口信夫という問題系が立てられ議論されたこともほとんどないといって良い。しかしながら自らの表現の模索を重ねる「詩人」から、詩を突端として含む言語総体の「理論家」への変貌を果たそうとしていた時期、吉本にとって折口という存在こそ必要不可欠なものであった（「詩とはなにか」ばかりでなく、『言語にとって美とはなにか』の特に後半部「構成論」はほとんど折口信夫論である、そこでは折口の営為が最大限に称揚されている）。

なぜなら折口信夫もまた、吉本隆明と同様、生涯、自分のなかに「詩人」と「批評家」という、相反する両者の性質を保持したまま思索を重ねていった表現者だったからである。つまり折口学とは、その中心になによりも折口に固有の特異な言語論が据えられたものであり、その折口の言語論とは、これもまた吉本と同様、自らの詩的な表現についてその理論的な基盤を確立するために練り上げられたものだったからである。

吉本にとって、自らの内なる「詩人」と「批評家」はなによりも「表現する言語」という一つの点で重なり合うものだった。そして吉本の言語論にその原型を提供したのは折口信夫である。これを言い換えてみれば、吉本にとって、宮沢賢治の「詩」と柳田国男の「批評」は、折口信夫の「言語論」において一つに統合されるものなのである。この事実は、吉本個人を超えて、日本文学史それ自体の壮大な書き換えをも図るヴィジョンにつながってゆくだろう。しかし、まずは吉本が折口から何を得たのか、それを明確にしなければならない。吉本は「詩とはなにか」のなかで、折口にとって「国文学の発生」という

『古代研究』に結実してゆく、一番はじまりの地点にある光景を的確に引用している（以下、「国文学の発生」第一稿より）。

一人称式に発想する叙事詩は、神の独り言である。神、人に憑《かか》つて、自身の来歴を述べ、種族の歴史・土地の由緒などを陳《の》べる。皆、巫覡《ふげき》の恍惚時の空想には過ぎない。併し、種族の意向の上に立つての空想である。而《しか》も種族の記憶の下積みが、突然復活する事もあつた事は、勿論《もちろん》である。其等《それら》の「本縁」を語る文章は、勿論、巫覡の口を衝《つ》いて出る口語文である。さうして其口は十分な律文要素が加つて居た。全体、狂乱時・変態時の心理の表現は、左右相称を保ちながら進む、生活の根本拍子が急迫するからの、律動なのである。神憑りの際の動作を、正気で居ても繰り返す所から、舞踊は生れて来る。此際、神の物語る語は、日常の語とは、様子の変つたものである。神自身から見た一元描写であるから、不自然でも不完全でもあるが、とにかくに発想は一人称に依る様になる。

折口は、ここから文学の発生論をはじめたのである。そして吉本は、この一節が、客観的な学問の領域を超えて、折口の主観的な表現理論と密接に結びついたものであることを鋭く見抜いていた。吉本は宣言する。折口のこの一節を、文学の信仰起源説の主張などと言った狭い範囲で考えてはならない、これはなによりも「人間の意識の自己表出された様態として文学発生をかんがえたもの」として捉えなければならないのだ。

ここで折口が神と言っているのは、「自己が自己に」憑依《ひょうい》して、意識のステージを押し上げた状態に他ならない。そのとき、意識は励起《れいき》状態となり言葉を発するのである。その言葉こそ、発生状態にある「詩語」そのもののことである。それはほとんど「叫び」としか言いようのないものである。つまり、それは「意識の自発的な叫びであり」、それゆえ「詩が発生のときもっていた初原的な形での芸術」を最も純粋なかたちで表現するものなのだ。

そのような「叫び」が可能になるためには、すでにそこに共同社会、人間が〈人間〉となるために張りめぐらされた関係性の束が存在することが前提となる。人間が表現する言語とは、社会という関係性を指示する側面（「指示表出」）と、そこに生じた矛盾を解消するために意識が自ら励起してあげる叫びのようなもの（「自己表出」）の二重性によって織り上げられているものなのだ。そこからリズムがうまれ、やがて「喩」というイメージとしての言葉にまで鍛え上げられる。吉本が折口の言語発生論に即して述べていることは、それだけで『言語にとって美とはなにか』の核心に記された次のような発言を先取りするものである。「この［共同的な］段階では、社会構成の網目はいたるところで高度になり複雑化する。これは人類にある意識的なしこりをあたえ、このしこりがある密度をもつようになるとやがて共通の意識符牒《ふちょう》を抽出させるようになり、有節音が自己表出されることになる。人間的意識の自己表出は、そのまま自己意識への反作用であり、それはまた他の人間との人間的意識の関係づけである」。

ここで吉本が到達した言語のもつ二重性という観点は、同時に折口信夫の言語論の起源を逆照射するものでもある。なぜなら折口もまた、吉本とまったく同じように、言語を直接性（「自己表出」）と間接性（「指示表出」）の二つの側面に分けて考え、自らの「歌」という表現の基盤を確立するためには、言語がもつ直接性の側面こそ論理的に掘り下げていかなければならないと主張しているからである。それは実に、國學院大学に提出された卒業論文『言語情調論』においてであった。つまり折口信夫とは、生涯をかけてこの「表現する言語」の諸相を探求した言語学者だったわけである。

折口はまず人間の言語が宿命的にもたざるをえない間接性を確認することから論考をはじめている。言語とは、なにものか（音声、習慣、時間と空間など）を媒介としなければ成立しないという点で、間接的で二次的なものなのである。しかし表現をこころざした人間は、つねにこの言語の仮象性を脱して、表現そのものとなった直接性の言語に到達することを夢見てきた。その結果として、部分的ながら直接性を実現した言語が生み出されることになった。それこそが、『言語情調論』が考察の対象とする象徴言語である。伝達のために明確に意味を区切られた「差別的」な言語に対して、象徴言語は多様な意味を萌芽の状態で一切の網羅の内に把握するので「包括的」な言語である。

さらにそれは間接性を条件としながらも絶対の感情を直接に表現しようとするので「仮絶対」のものになる。そしてあらゆる意味をそのなかに包みこみながら同時に表現しようとするので、必然的に「曖昧」となり、ほとんど「無意義」に近いものとなる。しかし同時にそのことによって無限の「暗示性」に満ち、微細な感覚を隅々まで表現することが可能になる。

このような直接性の言語は感嘆詞（「叫び」）に近いものであり、また幼児がはじめて名づける固有名のようなものである。情動そのものでありながら個体化され、象徴化された言葉。それはまさに詩の言葉であり、神から下される「託宣」そのものでもある。ここにおいて折口信夫、宮沢賢治、吉本隆明がたどり着こうとした「詩語」の連環が閉じられるのである。

2　戦争と大衆

吉本隆明は、なによりも「詩語」が発生してくる起源の場所、表現の「母型」を求めた思想家であり、表現者であった。しかし、その「母型」は、「戦争」という未曾有の体験を徹底的に反省することから抽出されたものである。その軌跡を、初期の四つの著作から明らかにしておきたい。

自明な「世界」との対立

吉本隆明は、なによりも「詩」を書くことから、すべてをはじめた。吉本にとって「詩」とは、ほとんど実現不可能な「直接性」への希求である。すべての間接的なもの、「慣習」的なものを解消して、自らを突き動かす「表現」そのものにたどり着くこと。その「表現」が成立する「固有」の時間と空間を明らかにすること。それはこの自明な「世界」と鋭く対立し、「現実の社会で口に出せば全世界を凍らせるかもしれないほんとのことを、かくという行為で口に出すこと」（「詩とはなにか」）である。

そのような行為が、そしてそのような「妄想」が可能になるためには、「じぶんをこの社会のあらゆる関係の外に」おかなければならない。そしてそこで、あらゆる感覚が「錯合」した「廃人」としての知覚をもつ必要があった。現実の諸〈関係〉に対する異和とそこからの超出への欲求。しかし、吉本はそのような想いを性急に「かたち」にすることはしなかった。あくまでも自らの「資質」にもとづき、粘り強く持続する、強靱な「構築」への意志のもとで、それを一つの「作品」として結晶させたのである。

それこそが、処女詩集『固有時との対話』である。『固有時との対話』、そこではなによりも、「自らの固有時といふものの恒数をあきらかに」することが目指された。それは「わたし自らが感じている風と光と影とを計量し」、その固有の「風景」を描き出すことである。しかしそれは「わたしを拒絶する風景」かもしれない、そしてそこでは「すべての境界があえなく崩れてしまふやうな生存の場処にわたしが生存してゐることを」見出すことになるのかもしれない。そのような〈わたしの形態〉が「極限の姿で」立ち現われるところ、「わたしの形態がまことに抽象」される「生存の断層」――詩集に頻出する喩でいえば「空洞」に言葉を与えること。そして「自らの閉ぢられた寂寥」が宿るその「空洞」を、さまざまに「転位」させ、そこからあらゆる「形態」を生み出すこと。それこそが、この詩集が実現しようとした唯一のことである。そしてそれはまた同時に、その後の吉本隆明の「表現」のすべてを規定することになるのである。

「戦争体験」の本質

特異な詩の世界を一人孤独に開拓していた吉本隆明が、最も愛着の深い作家の生涯とその作品世界の構造を描き切った、初めての一冊の独立した作家論が『高村光太郎』（飯塚書店、一九五七年）である。この一冊の書物はまた、この後に展開される吉本隆明の表現世界すべての「祖型」となるものでもあった。その対象として「高村光太郎《たかむらこうたろう》」が選ばれたのは偶然ではない。なによりもそれは「文学者の戦争責任」という、自らの若き精神をも深くとらえた「戦争」体験の本質を考察する上で、避けては通れない「問い」であった。

吉本はまず、高村のフランス留学体験からはじめる。高村は異国の地でただ一人、なんら実を結ばない彷徨《ほうこう》を続けながら、偉大な「父」との葛藤のなかで自らの「個」を確立する。それは同時に「日本」という、絶えず高度な文化の影響を受け続けざるをえない特殊な「辺境」に生を享けたことの認識でもあった。帰国後、高村は狂気に陥った「妻」との関係のなかでその詩の世界を開花させ、やがてそれは「国家」の戦争体制へと強く共振してゆく。ここにはすでに「個人幻想」が「対幻想」を仲立ちとすることによって「共同幻想」に接合されてしまうという、アジアの辺境に産み落とされ、そこを生きる者にとっては逃れることのできない「思考の基盤」の抽出への強い欲求が存在しているのである。

吉本にとって、高村光太郎の戦争期の詩作に鼓舞され、天皇への絶対的な〈信〉を抱いた体験は、決定的であった。敗戦後、吉本は自らをとらえたそのような「熱狂」を徹底的に分析しようとする。その企ての一つの頂点が『高村光太郎』であり、さらにそれは『藝術的抵抗と挫折』（未來社、一九五九年）に収録された「転向論」などを経て、安保闘争後の『丸山眞男論』（一橋新聞部、一九六三年）で理論的に十全なかたちをとることになった。吉本はそこで戦争期の知識人たちのふるまいに根底的な批判を加える。彼らは「大衆」からの孤立に耐えられず、つねに「転向」を繰り返す。そして「「一般兵隊」の残虐の様式そのものが、天皇制の存在様式そのものを決定する民俗的な流れとしてつながっていた」ということ、さらには「大衆の存在様式」こそが「支配の様式」を決定するという事実をまったく理解できない（以上『丸山眞男論』より）。吉本はこのような「大衆の原像」を、この後も決して手放すことはないのである。

人間的な秩序への「反逆」

「関係の絶対性」という、この後、吉本隆明の全著作活動を規定するテーゼを提出した記念すべき論考が「マチウ書試論」である（『藝術的抵抗と挫折』収録）。この論考で問題とされているのは、原始キリスト教が明らかにした、「倫理」の絶対性という問題である。この現実を動かすさまざまな人間たちのあいだに結ばれる相対的な関係に対して、そこから徹底的に排除された原始キリスト教は、限りのない憎悪を込めて、それと鋭く対立する「神」と直接に結ばれる絶対的な関係を打ち建てることを、教義として主張する。

そのため、救世主ジェジュ（イエス）をその「強い思想の意味」を象徴する人物として造形したマチウ書（マタイ伝）の作者は、救世主の生涯を、「自然」としてのユダヤ教（ローマと結びついた当時の社会的秩序の担い手としての存在）に徹底的に「反逆」する極度に観念的な「倫理の書」として構成し直し、人々に提示した。異様な迫力で描かれたこの決して長くはない論考に、ある種の「分かりにくさ」がつきまとっているとしたなら、それは、吉本が、マチウ書が主張するこの「反逆の倫理」に、非常に強く、そしてまた限りなくアンビバレントな感情を抱いているからである。

吉本は、相対的な秩序に対する限りのない憎悪というエネルギーのみを糧として、日常のあらゆる関係を捨て去り、ただ「神」との絶対的な関係だけを築きあげ、それを「倫理」とする原始キリスト教の世界を、「異様な病理」を病んだものとしている。しかしそこにおいて、「存在の危機を実存の条件として積極的にとらえようとする意識」が生まれることも、また確かなことである。吉本は、人間的な秩序に「反逆」する個としての神的な絶対感に満ちたこの意識に、抗《あらが》いながらも魅惑されているかのようだ。おそらくここに吉本隆明の〈信〉の体系の重要な柱となるキリスト教との関係のすべてが表出されている。なぜ、「マチウ書試論」が書かれなければならなかったのか。それを理解するためには、これが冒頭に収められた『藝術的抵抗と挫折』を読み進めなければならない。吉本は、ここで相対的に安定したあらゆる制度的なもの（党、文学、そしてすべての理念的なもの）に徹底して「反逆」している。その絶対的な「闘争」のための宣言なのである。制度への反逆を成し遂げるためには、制度そのものの根底を明らかにしなければならない。そのことが『共同幻想論』へと続く扉をひらくことになった。

生活者である大衆

日米安保闘争の「敗北」のなか、吉本隆明が、自らの「敵」をはじめて明確に指し示し、その後の情況論、政治論の祖型ともなった論考が、『丸山眞男論』である。吉本にとっての「敵」、それは丸山眞男《まるやままさお》という存在に象徴される「知識人」という在り方そのものであり、その丸山が研究の対象とした「制度」の学、すなわち「権力」としての政治学（のちにひろくアカデミズム一般に敷衍《ふえん》されることになる）がそれと不可避的に結びついてしまう地点にあった。

丸山は、「原理的に貫徹された日本政治思想史」の体系をはじめて作り上げた人物である。しかしその体系は「秩序の交代と自壊」のイメージがオートマティックに繰り返され、発展してゆくものにほかならなかった。結局のところ、そこでは歴史の運動を総合する視点は、つねに「体制」の側を通じてしかもたらされない。つまり「政治学」は必然的に「体制」の学にしかならないのである。吉本は、この小さな書物で「知識人と権力」という困難な問題に直面し（現在から見れば、吉本のこの孤独な試みは、実は世界規模の新たな「知」の組み替え作業と並行していたのであるが）、その袋小路を突破するために、自らの実感に絶えず立ち戻り、リアルな感性の根源に遡行することによって、丸山の「政治学」に対抗する固有の「根拠」を見出そうとする。

吉本にとって「知識人と権力」の野合の対極にあり、さらにはその両者をともども生み出す土台となったもの、丸山眞男がその〈戦争体験〉においては繊細に感受しながらも研究の対象としては切り捨ててしまったもの、それは「つねにそれ自体の生活者である大衆」という存在であった。さらに言えば、その「アモルフな「民」の生活実感」そのもののことであった。アモルフであるということは「制度」的なものと鋭く対立することを意味する。また、明確なかたちをもたず、つねに流動するという規定によって、それは容易に善にも悪にもなりうる。そしてそうであるが故に、それはまた必然的に「変革」の力となり、同時に恐るべき「停滞」と「蛮行」をも引き起こすのである。戦争期の天皇制とは、まさにこのような「大衆」によって、「下」から支えられたものであった。丸山はそのことを、決して見ようとはしなかったのである。

「大衆」のもつ両義性。そこから「戦争」が生まれ、同時にそれが表現の「母型」ともなる。この段階で、吉本思想を成り立たせるすべての要素が出揃うことになった。

3　イエスと親鸞

最も強靭な表現とは、自己を物理的にも精神的にも抹殺しようと襲いかかる「制度」──その最大のものが「国家」および「国家」が引き起こす戦争である──との闘いのなかから生まれてくる。

吉本隆明にとって、現実の相対的な「制度」を破壊し、超現実の絶対的な「法」（おそらくそれは究極の表現そのものでもある）へと赴こうとしたのがイエスと親鸞《しんらん》である。吉本の思索はイエスにはじまり親鸞に終わると考えることも充分に可能である。現実の相対的な「制度」の解体は、超現実の絶対的な「法」を顕現させる。それは現実の「制度」を体現する「国家」、その基盤となる「共同幻想」を消滅させることでもある。

しかし、そこにあらわれた絶対的な「法」とは、現実の戦争をも乗り越えてしまう究極の暴力であるのかも知れない。「戦争」を条件として自らの思索をはじめた吉本隆明が最後に直面しなければならなかった課題である。

はじまりの吉本隆明は、最後の吉本隆明に向けて螺旋《らせん》を描いて進んでいく。優れた表現者の宿命であろう。まずはその軌跡を素描しておきたい（本書の最後に据えた「〈信〉の解体」と呼応する主題であり、そこに私の考える吉本隆明と「戦争」という主題の帰結もある）。

「神」をめぐる未曾有の思想

批評家としての吉本隆明を代表する作品として、まず「マチウ書試論」を挙げることができる。そこで提起された諸問題を一つに総合し、十全な解答を与えた著作こそ『最後の親鸞』（春秋社、一九七六年）であろう。「マチウ書試論」で描き出されたイエスと、『最後の親鸞』で描き出された親鸞は互いに良く似た分身のように、あるいは互いに正反対に映る鏡像のように、存在している。イエスは、ユダヤ教的な「絶対との関係性」を解釈と実践の果てに解体し尽くし、「神」をめぐる未曾有の思想として再構築した。親鸞は浄土教的な「絶対との関係性」を解釈と実践の果てに解体し尽くし、「仏」をめぐる未曾有の思想として再構築した。吉本隆明にとって、イエスと親鸞は表裏一体の関係にあった。事実、『最後の親鸞』においてもつねに、「新約書の主人公」たるイエスの言動が親鸞の言動と比較対照されている。

吉本隆明は「マチウ書試論」の最終章で、「人間と人間との関係の絶対性」と書き残している。しかし、この一節は、「相対性」のなかでしか生きられない人間が、それでも「絶対性」を希求したときに一体どのような激烈な矛盾が生じてしまうのか、さらにはその矛盾をどのように引き受け、どのように生き抜いていけばよいのか、つまり「相対性と絶対性の矛盾のなかで生きつづける」人間の生の条件を模索した言葉として理解する必要がある。

吉本隆明にとって、「関係の絶対性」と「絶対との関係性」は一つに重ね合わされなければならない概念だった。『最後の親鸞』に至っても、吉本隆明は、親鸞が解体すべく立ち向かった浄土教のラディカリズムを、「いかに相対的な関係としてしか存在しえない人間に、絶対的な自己抹殺の観念が宿りうるのか？」と定式化している。あるいは「相対と絶対との弁証」の解明、とも。こうした問い直しは浄土教ばかりでなく、イエスの教えが必然的にもたざるを得なかったラディカリズムにもあてはまる。そういった意味で、『最後の親鸞』は疑いもなく、「マチウ書試論」への解答となる著作であった。

イエスから親鸞へ。あるいは、親鸞とともにイエスを、イエスとともに親鸞を考えること。批評という営みが、他者の言葉と不可避的に遭遇し、その結果、他者の言葉を体内に消化（「解体」）し、自身の言葉として体外に表出（「再構築」）していくものであるとするならば、吉本隆明の批評の核心はこの二人、イエスと親鸞をめぐって悪戦苦闘を繰り広げた軌跡にこそ存在している。

イエスも親鸞も、自身に先行する偉大なテクスト、神の聖なる言葉の集積を自らのうちに受け止め、神の聖なる言葉を解釈し、神の聖なる言葉を実践として再構築することを使命とした宗教的な解釈者だった。真に独創的な批評にこそ新たな時代の表現の種子が孕まれている。旧世界の解釈者（解体者）こそが新世界の表現者（構築者）になれるのだ。だからこそ、「マチウ書試論」は断続的に書き継がれなければならなかった——一九五四年に「一」「二」が発表された後、最終的な形を整えたのは一九五九年に刊行された著書『藝術的抵抗と挫折』においてである。

『最後の親鸞』もまた増補を繰り返していった。そのなかでも、親鸞の実践について書かれた「最後の親鸞」と、親鸞の解釈について書かれた「教理上の親鸞」をともに収めたちくま学芸文庫版（二〇〇二年、他に小品ではあるが重要な「永遠と現在——親鸞の語録から」も収録されている）が決定版となるであろう。以下、その『最後の親鸞』にもとづきながら、「絶対との関係性」をめぐって吉本隆明の批評が到達した未聞の風景を素描しておきたい。

『最後の親鸞』は、吉本隆明の批評の到達点であるばかりでなく、『共同幻想論』や『心的現象論』の主題となった、人間が人間である以上必然的に囚われてしまう「幻想」が消滅してしまう地点を唯一明確に示し得た著作であると思われるからだ。

絶対他力の極限

親鸞は、あたかもスピノザのように、絶対の存在、至上の存在に対する「絶対他力」（絶対受動）の思想を、人間同士のみならず森羅万象あらゆるものとの遭遇が「不可避」、すなわち「必然」となる地点にまで突き詰めていく。その果てにまで至ってはじめて有限の現世を生きる相対者たる人間が、永遠の極楽浄土を生きる絶対者たる仏（阿弥陀如来）と相対することができる。その出会いの場で、人間は仏に向かって、つまり自らが位置する相対の世界を絶対の世界に向けて「横超《おうちょう》」する（横ざまに超える）。

親鸞は、有限と無限、相対と絶対が相交わる場を「正定聚《しょうじょうじゅ》」として定義し直す。吉本隆明は、「教理上の親鸞」の末尾でこうまとめている――「現世の「正定聚」の境位からは〈浄土〉は見透されたところになければならぬ。だが見透されて現世にあるのではない。見透された死のむこうにあるようにみえる」。あるいは、「教理上の親鸞」の冒頭においても――「親鸞は死を生の延長線に、生を打切らせるものというようにかんがえなかった。死はいつも生を遠方から眺望するものであり、人間は生きながら常に死からの眺望を生に繰入れていなければならない。このとき精神が強いられる二重の領域、生きつつ死からの眺望を繰入れるという作業に含まれた視線の二重化と拡大のなかに、生と死、現世と浄土との関係があるとみた」。

生が死から浸蝕される場、「死滅そのものの内在化」された場において、絶対者は「自然」そのものとして、「自然」の只中から出現してくる——「みだ仏は、自然のありようをわからせようとする素材である」。神即自然である弥陀《みだ》仏の願いに導かれて、「私」もまた無上の仏へ変成することが約束される。しかし、その仏とは色も形ももたないものだった——「誓われた趣旨は、無上仏にならせてあげようと誓いになったのである。無上仏と申すのは、形もなくあられる。形があられないゆえに、自然とはいうのである。形があられるものと示現するときには、無上涅槃《ねはん》とは申さない。形もあられない態様をしらせようとして、はじめて弥陀仏というのだと聞き習っています」。

「無機的な空無」であると同時に、森羅万象あらゆるものを生み、森羅万象あらゆるものが「遊びたわむれる」（遊戯《ゆげ》する）場。絶対の存在である弥陀仏は「自然」であり、同時に始まりにして終わりでもあるゼロ、「空無」の場そのものだったのである。吉本は、親鸞による浄土教の解釈（「解体」）のポイントを次のようにまとめている——「浄土へ生れたい信心と念仏によって、生死を重ねる罪の状態は〈切断〉され、即座に〈さとり〉を約束された正定聚の状態につく。そしてこの正定聚は〈さとり〉を得た仏ではないが、仏の〈さとり〉をかならず約束された状態である。〈さとり〉とは永遠の安楽であり、寂滅や涅槃のことであり、あらゆる計らいを超えた、色も形もない法身であり、これはありのままの真実の姿で、真如とか一如とか呼ばれるものである。阿弥陀如来は、この一如から姿を現わして、報身、応身、化身などのさまざまな姿を示されるものである」。

真如にして法身、あらゆるものを消滅させる空無にしてあらゆるものを生成させる自然。人間を深く蝕《むしば》む幻想が消滅する地平であり、永遠の絶対的な世界の実現に向けて現実の相対的な世界を転覆してゆこうとする革命のラディカリズムが消滅する地平でもある。しかし、吉本隆明は、「信」の解釈者としての親鸞が可能にした知の場所にとどまっているわけではない。そこから「信」の実践者としての親鸞が晩年に到達した〈非知〉の場所にまで降りていこうとする。「教理上の親鸞」が「最後の親鸞」に転換する地点、解釈という知の頂きを極めた親鸞がそのまま〈非知〉に向かって寂《しず》かに着地した地点へと。

生と死が一つに重なり合い、生と死が相互に転換することをやめない「正定聚」を生き、「無機的な空無」と「遊びたわむれた」親鸞は、最晩年、浄土宗のみならず浄土真宗からさえ、さらに言えば「宗教」そのものからさえ、外へ出てしまったかのようだ。

吉本隆明は『最後の親鸞』の末尾に、「非俗」でありながら「非僧」でもあり、異貌ではあるが無名の一人の「衆生」として生を終えようとしている親鸞の姿を描き出す。逆説的な「悪」という観点さえも無化してしまい、ただ生命の原型、「まったくの愚者となって老いたじぶんの姿」をさらしながら生きる親鸞を……。眼も見えなくなり、何ごともみな忘れてしまった。死に限りなく近づいた親鸞は、この世に生まれ落ちたばかりの幼児のようでもある。そうした最後の親鸞を、絶対他力の極限として描き出した吉本隆明は、ほとんど自らの最晩年を予言していたとさえ言える。

吉本隆明は一つの批評を生き、一つの批評として死んだのである。見事な、見事すぎる生涯であったと思う。

II

南島へ

1　言語・共同幻想・心的現象――吉本幻想論の完成

「戦争」を条件とした「母型」の探究……。吉本隆明は、三つの連続する著作で、あらゆる表現（さらには制度）が生み出されてくる「母型」の構造を、言語・共同幻想・心的現象に探った。今日でも決して色褪《いろあ》せることのない、強靱な「思想」が完成する。その諸相を、それぞれの書物から浮き彫りにしていく。

「表現」の起源へ

『言語にとって美とはなにか』は、吉本隆明にとってすべての考察の「始原」であり、なおかつ生涯をかけてその「構築」に取り組まなければならない、永遠に未完成な、巨大な一つの「設計図」のようなものであった。しかしながら、きわめてに逆説的ではあるが、この極度に難解で長大な書物の目標としているところは、ただ一言の短い「表明」にそのすべてが尽くされてしまうものでもあった。

それは「表現された言語としての芸術」の本質とは何か、ということである。ここにおいて、「言語」も「芸術」もそれだけでは自立した概念にはならない。すべては「表現」

というダイナミズムを孕んだ根源的な概念に集約され、そこからあらためて見出されなければならないものとなるのである。それでは、なぜ、このような書物が書かれる必要があったのか。それが明確に述べられているのは、ちょうどこの書物を準備している時期に発表され、その「原型」ともなった「詩とはなにか」において、である。吉本はそこでこう述べている。とうとう自分の「詩作の過程に根拠をあたえなければ、にっちもさっちもいかない時期」になった。そのためには、詩の本質が生まれる「発生の極小条件」を明らかにしなければならない、と。

そして吉本は、折口信夫の「文学発生論」の助けを借りて、自らのそのような疑問にこう答えている。詩とは、まずなによりも「人間の意識の自己表現」に発したものである、さらにそれが「意識の自発的な表出性という断面をさらしながら分化」し、さまざまな「文学、芸術」を生み出していったのである、と。つまり『言語にとって美とはなにか』とは、まずなによりもこのような吉本自身の詩作の根拠、さらにはそれが生み出される前提であった同時代人（すなわち「戦争」をくぐり抜けた世代）の文学的に達成された「表現」の地平の起源を訪ねる試みであったのだ。

さらには、その探究をより根底的（ラディカル）に行うため、表現の「起源」を広く人類の発生の時期にまで想像力によって遡行し、そこから「現在」の表現を逆に照射しようとしたものなのである。言語は、「対象にたいする指示と対象にたいする意識の自動的水準の表出という二重性」としてその本質をなしている。しかし、言語を「表現」にするのは、あくまでも、人間が〈人間〉となるために結ばれた〈関係〉とその諸〈関係〉から必然的に発生する「自己表出」としての意識である――「この［共同的な］段階では、社会構成の網目はいたるところで高度になり複雑化する。これは人類にある意識的なしこりをあたえ、このしこりがある密度をもつようになるとやがて共通の意識符牒を抽出させるようになり、有節音が自己表出されることになる。人間的意識の自己表出は、そのまま自己意識への反作用であり、それはまた他の人間との人間的意識の関係づけである」。

　これが、吉本が自らの詩の起源に、さらにはそれを敷衍した人類の言語の発生の起源に幻視したヴィジョンである。そしてこの吉本の試みは、同時に、当時二つの極に分化した学問――個としての人間の情動を「主観的」に探究する現象学的な「意識の哲学」と、人間がとり結ぶ諸関係を「客観的」に探究するマルクス主義的な「社会の哲学」――を総合し、それらをともに超出することでもあった。そのために必要とされたのは、自らのメディア（直接購読・購買の雑誌『試行』）をもつことと、日本語に関して徹底的に思考した二人の先行者――時枝誠記《ときえだもとき》の「言語過程説」と折口信夫の「文学発生論」の存在であった。

『言語にとって美とはなにか』の完結は吉本にとって一つの達成ではあったが、しかし、それによってすべての「問題」が解決されてしまったわけではない。逆に「問題」は新たな次元を獲得し、「表現」はさらに広大な地平に開かれなければならなかった。その間の事情について、『共同幻想論』の「序」にはこう記されている――「言語の表現としての芸術という視点から文学とはなにかについて体系的なかんがえをおしすすめてゆく過程で、わたしはこの試みには空洞があるのをいつも感じていた。ひとつは表現された言語のこちらがわで表現した主体はいったいどんな心的な構造をもっているのかという問題である。もうひとつは、いずれにせよ、言語を表現するものは、そのつどひとりの個体であるが、このひとりの個体という位相は、人間がこの世界でとりうる態度のうちどう位置づけられるべきだろうか、人間はひとりの個体という以外にどんな態度をとりうるものか、そしてひとりの個体という態度は、それ以外の態度とのあいだにどんな関係をもつのか、といった問題である」。

このうち、前者は『心的現象論序説』として、このあとすぐに取りかかられた。そして後者のテーマ――個人と、個人がそのなかに〈関係〉づけられる共同体との相克――を展開したものこそ、『共同幻想論』（河出書房新社、一九六八年）にほかならなかったのである。

『共同幻想論』のはじまりの場所

中上健次《なかがみけんじ》は、『共同幻想論』の文庫版の解説に次のような言葉を書き残している。

「一九六八年、丁度六〇年代末、この『共同幻想論』は街頭での一群の人々による暴力の噴出と共に共同幻想としての国家を露出させ、来たるべき事態を予告し、何にも増して国家とは性なのだと、国家とは白昼に突発する幻想化された性なのだと予言した」。時代の騒乱のさなかに突如として顕在化された、幻想としての共同体、〈性〉と分かちがたく結びついた幻想としての「国家」。

吉本隆明個人ばかりでなく、日本の思想史においても、重要な位置を占めるこの『共同幻想論』（河出書房新社、一九六八年）のはじまりの場所はどこにあるのか。それはまず、吉本が実践していた「政治」の場に求められなければならないであろう。とくに、マルキシズムが変質した不毛な議論を粉砕するための理論的な支柱として、また自ら身をもって体験した集団の硬直化と内攻のメカニズムを解明するものとして。さらには『資本論』にヒントを得て書かれた言語論（『言語にとって美とはなにか』）によって明らかにされた、言語を発する個体の問題と、それが意味として流通する社会の問題を解決するものとして。

両者は『心的現象論』と『共同幻想論』として不可分の関係にあった。実際にも、『心的現象論』の連載を続けるのとほぼ平行して、吉本は超人的な集中力のもとで、『共同幻想論』の根幹となった連載をすすめていたのである。そしてこの「個人」と「共同体」という二つの領域は、吉本にとって、先験的に対立するものであった。個体の幻想は、その個体を組織し社会を成り立たせる共同の幻想とは、決して相容れないものなのである。「人間にとって共同幻想は個体の幻想と逆立する構造をもっている」。共同の幻想は、個体に強力な負荷をかける。しかし人間とは、「しばしばじぶんの存在を圧殺するために、圧殺されることをしりながら、どうすることもできない必然にうながされてさまざまな負担をつくりだすことができる存在」なのである。

このような問題を提起した吉本の思考の根底には、自らの「戦争体験」を徹底的に問い直すという強いモチーフが存在していた。なぜ、日本語という言語の表現に革命をもたらし、敬愛していた詩人たちが、いとも容易に「戦争」の遂行という愚かしくも破滅的な「幻想」に巻き込まれ、自らの表現を枯渇させ自壊しなければならなかったのか（彼らこそ当時の吉本自身の心の動きを代弁してくれる者たちにほかならなかった）。その「謎」を解き明かさなければならない、それが『共同幻想論』を貫く一つの想いである。そのために、吉本は、「日本」的思考の根源に存在するアジア的思惟が成立する基盤（共同幻想の〈アジア〉的特性）にまで遡行しようとする。

それは日本の「国家」の起源を問うことに直結する問題である。そしてそこには、個人と共同体だけでなく、そのあいだを繋ぎ、さらには両者を徹底的に乖離《かいり》させもする〈性〉という問題が、まったく新たな相貌をもって登場することになったのである。ここに吉本幻想論は完成する。吉本にとって、人間はいかなる意味においても「幻想」を生きざるを得ない動物である。そしてこの人間の全幻想領域は、さらに相互に相容れない三つの領域に分かれている。個体の幻想、共同の幻想、そして〈性〉の関係を軸とした「対《つい》なる幻想」の領域である（この三つの幻想領域は、位相的には異なっているのである）。

アジアにおいては、この「対なる幻想」こそが、個体の破壊的でアナーキーな幻想を、共同の幻想へと共振させ、それを共同体の中心へと凝集させるのである。このようなアジア的思惟の体系が明確に刻印されたものこそが、空間的なリミットを示す「物語」であり、時間的なリミットを示す「神話」である。吉本はそれぞれを代表する原型として『遠野物語』と『古事記』を取り上げ、両者を徹底的に分析する。「神話」と「物語」は、まさにアジア的な王の一つの集約されたイメージである「天皇」の戴冠の儀式によって接合されるる。

しかしながらこの『共同幻想論』は、国家の起源を探究する、単なる学問的な著作ではない。それはまずなによりも自らが体験した個人と国家の関係の裂け目を明らかにするという切実な想いの具体化である。そしてつねに国家と対立せざるを得ない個人のかけがえのない幻想を、「対」という関係で鍛え上げ、一つの「闘争」を意志するという力強いマニフェストでもある。

だからこそ、「他界論」の結論部分には、こう記されなければならなかったのだ——「そして共同幻想が自己幻想と対幻想のなかで追放されることは、共同幻想の〈彼岸〉に描かれる共同幻想が死滅することを意味している。共同幻想が原始宗教的な仮象であらわれても、現在のように制度的あるいはイデオロギー的な仮象であらわれても、共同幻想の〈彼岸〉に描かれる共同幻想が、すべて消滅せねばならぬという課題は、共同幻想自体が消滅しなければならぬという課題といっしょに、現在でもなお、人間の存在にとってラジカルな本質的課題である」。

〈言語〉から〈心〉へ

雑誌『試行』において、『言語にとって美とはなにか』の連載を終えるとすぐに取りかかられ（第十五号＝一九六五年）、全体の総論にあたる部分の叙述が終わると（第二十八号＝一九六九年）、一冊としてまとめられたものが『心的現象論序説』（北洋社、一九七一年）である。その後『心的現象論』の本論の部分は、なんと『試行』の終刊まで、延々と連載が続けられることになった（巨大な単行本として刊行されたのは二〇〇八年になってからである）。

〈言語〉についての考察のあと、人間の個体に千差万別に顕在化される「心的現象」の根源にあるものの探究に向かうことは吉本にとって必然であった――「〈言語〉の考察をすすめていたあいだ、たえず、言語の表現が、人間の心的な世界のうちどれだけを作動させ、どれだけを作動させないか、もしも、言語の表出において心的世界がすべてなんらかの形で参加するとすれば、はたしてその世界はどんな構造になっているか、というような疑問につきあたってきた。この疑問は、わたしの言語表現についての考察を基底のところで絶えずおびやかすようにおもわれた」。

吉本にとって心的現象とは、まずなによりも「個体」に訪れるものである。心的現象とは自然の時間・空間そのものではなく、「個体に固有の時間・空間によって変えられて受容され」たものである。そしてそれは〈異常〉と〈病的〉をその極限としてもつが、また同時に、表現が直接生み出される場所そのもののことでもある。ここで特権的な対象として立ち現れるのが、〈病〉と「表現」が創造的に交錯する「精神分裂病者」である。しかもその心的な領域は、一つの実体としてとらえられてはならず（「無意識」を自律的に考えることにたいする強い拒絶である）、今ここにある条件からはじめて、それらを排除することなく、あくまでも「構造的」に把握されなければならない。

そのために吉本は、フロイトを、さらにはベルクソンを徹底的に読み抜き、それらを自らの新たな「学」の体系へと変容させてしまう。それはちょうど同時期、ジャック・ラカンがフロイトを読み替えて「象徴界」の理論を、ジル・ドゥルーズがベルクソンを読み替えて「差異と反復」の哲学を作り上げていたことと、独立ではありながらも深く共鳴する事態であったといえる（ラカンにとってもドゥルーズにとっても、「精神分裂病者」という存在こそがそれぞれの学の中心となる問題であった）。

吉本は、そのような分裂病的（スキゾフレニック）な探究を、あくまでも自らの「詩」の体験に基盤をあたえるという意志で貫徹した。吉本にとって人間の「心」とは、自らを取り巻く「環境」とも、さらには今ここに現に存在しているこの「身体」とも、うまく重なり合わない領域である。逆にそこにこそ「心」の定義がおかれなければならない。「わたしの〈心〉は、外界の無機的な自然物と、わたしの〈身体〉という有機的な自然物からと共通に抽出され、疎外された幻想領域を保存している」。

そこでは「外界から疎外された幻想と〈身体〉から疎外された幻想とは錯合し、すれちがい、割れ目」が生まれる。存在のなかに生成される割れ目、裂け目、そして亀裂。それはまさに吉本が自ら処女詩集『固有時との対話』のなかで展開した、廃人としてみられた世界、〈関係〉の軋《きし》みのなかに生み落とされる「生存の断層」、あの「空洞」に「表現」としての理論をあたえたものにほかならないであろう。

吉本はこの二重の疎外をさらに二段階のものとして考えている。〈生命〉がただ生命であるというだけでもたなければならない「原生的疎外」の領域と、さらにその生命が人間という〈身体〉をもったために生起した「純粋疎外」の領域である。それではまず「原生的疎外」とはなにか。ひとことでいえば、それは〈生命〉と「自然」との間に生じる「異和」である。「まず、生命体（生物）は、それが高等であれ原生的であれ、ただ生命体であるという存在自体によって無機的自然にたいしてひとつの異和をなしている」。この「異和」こそ、生命体にとって、「外側を無機的自然に開き、内側を〈身体〉に開くひとつの混沌《こんとん》とした心的領域を形成」するものなのである。

この「原生的疎外」を土台として、さらに人間という固有の〈身体〉（固有の時間性、固有の空間性）をもつことで心的領域は特異な変容を蒙《こうむ》る。ただしその変容は別個のものに変わることではなく、「原生的疎外」と内在的な差異をもつことであり、「原生的疎外」の領域からいわば「ベクトル変容」され、位相学的（トポロジカル）に区別された場となることである。これが「純粋疎外」の領域である。この「原生的疎外」と「純粋疎外」の錯合から、多様な感覚と概念が「異なるまま」結合され、あらゆる心的現象——感情、言語、夢、そしてイメージ——が生み出されることになるのである。

2　異族の論理

『言語にとって美とはなにか』『共同幻想論』『心的現象論序説』という一連の著作で一つの完成を迎えた吉本隆明の思想と表現。「私」が夢見る破壊的な幻想と、対なる「性」を可能にする幻想と、共同の「制度」を創り上げる幻想と、それらを貫通する起源の言葉（「母語」にして「語母」）と。

吉本隆明が次に向かわなければならなかったのは、それらの主題すべてを集約する「南島」であった。しかし、これもまた優れた思想家にして表現者の宿命として、吉本は、結局生前には「南島論」として一冊にまとまる著作を仕上げることはできなかった。自他ともに認める吉本の思索の原型、『遠野物語』からはじまる柳田国男の営為をもとに、来たるべき吉本南島論の骨格を提示する。

『海上の道』から『母型論』へ

柳田国男の『遠野物語』は、大逆事件が起こり、韓国併合が行われた一九一〇年に刊行された。列島に近代的な国民国家が名実ともに確立された年である。そして、この『遠野物語』を読解の中心に据えた吉本隆明の『共同幻想論』は、全世界的に変革の嵐（プラハの春と学生運動の昂揚《こうよう》およびそれらの壊滅）が吹き荒れる最中の一九六八年に刊行された。世界規模で近代的な国民国家という枠組み自体が変質しはじめた年である。さらに、吉本の『共同幻想論』を介して『遠野物語』に描き出された「死と共同体」の関係を再発見した三島由紀夫《みしまゆきお》が自刃するのは、それから二年後の一九七〇年のことである。『遠野物語』刊行からちょうど六十年の月日が過ぎ去っていた。

この六十年の間に列島日本は急激に近代化の極に達し、近代そのものを抜け出ようとしていた。『遠野物語』は列島の近代化のはじまりに位置するとともに、『共同幻想論』と重なり合うかたちで列島の脱近代化――超近代化――のはじまりにも位置する作品となった。おそらく、それは偶然ではない。『遠野物語』は、作者という概念に疑問を突きつけ、可視の世界とは異なった不可視の別世界への通路をひらき、現実の秩序を根底から覆してしまう潜在的な――無意識の――力を解放する作品となっていたからだ。『遠野物語』によってリアルとヴァーチャルという区別は無化され、一つに結ばれてしまう。『遠野物語』は、民俗学のみならず文化人類学や社会学、さらには哲学や芸術、映画や漫画、つまりメインカルチャーからサブカルチャーに至るまで、精緻な研究書から無責任な二次創作に至るまで、刊行から現在までの百年以上の間に、無数の分身を生み出し続けてきた。超近代化の果てに列島がどのような変貌を遂げていくのか、また遂げざるを得ないのかを占うためにも、『共同幻想論』において『遠野物語』読解の次元を根本から変えてしまった吉本隆明の営為から、一九六八年以降の『遠野物語』の変容を跡づける必要がある。

なぜなら、吉本隆明は意識的に柳田国男を自身の学の先達として位置づけ、おそらくは無意識的に柳田の仕事をなぞるようにして自身の学を深め、完成していったからである。柳田国男が農政学者から『後狩詞記《のちのかりことばのき》』『石神問答《いしがみもんどう》』『遠野物語』という連続する三冊の著作によって、後に民俗学と呼ばれることになる未知の学問を創出し、『海上の道』（一九六一年）によってその学を完成させたように、吉本隆明も詩人であり批評家でもあった文学者から『言語にとって美とはなにか』『共同幻想論』『心的現象論序説』という連続する三冊の巨大な著作によって未知のなにものかへと変貌を遂げた――われわれはいまだに吉本が創出した表現の学を的確に形容するための名称をもっていないのだ。

そして、吉本のその未知なる学に一つの総合が与えられたのが、自身の臨死体験（一九九六年の夏、海水浴中に溺れて一時意識不明となる）を両側から挟み込むようなかたちで刊行された『母型論』（一九九五年）と『アフリカ的段階について』（一九九八年）においてであった。
吉本は『母型論』の「序」にこう記している。

柳田国男が「海上の道」を書いて、日本人はどこから来たかという課題に、じぶんの世界にたいする理念のイメージをこめて立ちむかったのは、生涯の経験知を叡智にまで凝縮した円熟期にはいってからだった。これは人類の種、土地、水陸と山岳、その複雑な交換の過程から産みだされる習俗の形態などを素材にして、世界観を凝縮したイメージにしてみせたものだ。これが実証的に正確か誤謬かなどと挙げつらっても、まったく無意味なことだ。それは学説ではなく、イメージで造成された世界観だからだ。これが理解できなければ、柳田国男を理解したことにはならない。

さらには、「わたしはおなじようなことを、じぶんの方法を使って、いつかやってみたいと、ずっとかんがえ、空想してきた」とも。柳田にとっての『海上の道』が、吉本にとっては『母型論』という書物となったのだ。そして吉本の『母型論』は、『共同幻想論』の「母制論」に端を発し、『情況』（一九七〇年）に収められた「異族の論理」を経て展開された、自身の「南島論」に一つの完結をもたらすものであった。南島において家族の起源と共同体の起源は重なり合う。それは単なる「性交」にとどまることのない、根源的な「性」が露呈される関係の地平でもあった。

その性的な光景——それは性的な関係そのものの露呈でもある——もまた、柳田国男自身によって記されていた。しかも、吉本はなぜか自身の柳田に対する言及のなかで、柳田が定位したその光景について触れることはほとんどない。柳田＝吉本の求めた根源的な「性」の光景、それは「妹の力」の実例として、同タイトルを付された論考のなかに柳田自身の手で採集され、書き残されていた。「最近に自分は東北の淋しい田舎をあるいていて、はからずも古風なる妹の力の、一つの例に遭遇した」。数年前、地方では珍しい富裕な旧家の、「六人の兄弟が、一時に発狂をして土地の人を震駭《しんがい》せしめたことがあった」……。

発病の当時、末の妹が十三歳で、他の五人はともにその兄であった。不思議なことには六人の狂者は心が一つで、しかも十三の妹がその首脳であった。たとえば向うから来る旅人を、妹が鬼だというと、兄たちの眼にもすぐに鬼に見えた。打ち殺してしまおうと妹が一言いうと、五人で飛び出して往って打ち揃って攻撃した。屈強な若い者がこんな無法なことをするために、一時はこの川筋には人通りが絶えてしまったという話である。

妹がそこに「鬼」を見れば血まみれの地獄図が展開し、おそらく妹が同じ場所に「神」を見れば、そこに光り輝く浄土図が展開していく。「強い因縁さえあれば多人数の幻覚が一致をする」。その地点に家族の起源と共同体の起源が存在し、それは兄弟と姉妹の間に結ばれる、単純に「性交」を意味するわけではない、根源的な「性」の関係と別のものではない。『古事記』に残された神話時代の姉と弟、天上の国を支配し神の声を聴くことができる姉アマテラスと、海原を追われ地下の国にその居を移し現実の政治体制の起源ともなった荒ぶる弟スサノオのように。

時代の騒乱のさなかに突如として顕在化された幻想としての国家、〈性〉と分かちがたく結びついた国家。その起源には、「〈姉妹〉が神権を支配し、その〈兄弟〉が現世的な政治権力を支配する」原初の共同体、原初の家族が存在していたのだ。神話のアマテラスとスサノオのように、『魏志倭人伝』に描かれた邪馬台国、シャマン的な神権、潜在的（ヴァーチャル）な権力を維持する「女王」卑弥呼《ひみこ》と、政治的な支配、現実的（リアル）な権力を掌握する「男弟」のように。そして、いまだに〈姉妹〉と〈兄弟〉の間に密接な、あえて言えば「性」的な関係を保持している南島の人々のように。

国家という共同幻想は、このような〈姉妹〉と〈兄弟〉の間に結ばれる「対なる幻想」を簒奪《さんだつ》し、疎外したところに成立する。吉本隆明の『共同幻想論』には一つの断層が存在している。吉本は『共同幻想論』の前半六篇を雑誌『文藝』に連載した（一九六六年十一月より一九六七年四月まで）。雑誌連載の最後、「祭儀論」では、以下のような天皇制国家の起源、自己幻想を対幻想に共振させそれをさらに共同幻想へと合致させる仕組みが解き明かされていた。天皇の代替わりの儀式である大嘗祭《だいじょうさい》とは、「むしろ〈神〉とじぶんを異性〈神〉に擬定した天皇との〈性〉行為によって、対幻想を〈最高〉の共同幻想と同致させ、天皇がじぶん自身の人身に、世襲的な規範力を導入しようとする模擬行為を意味するとかんがえられる」と。

大嘗祭を通して、個人幻想が対幻想のなかに溶け込み、それが共同幻想として立ち現れるのだ。こうした見解は、折口信夫の「大嘗祭の本義」の創造的な読み替えでもある。天皇の権力を解きほぐし、家族と共同体を簒奪した国家の権力を解きほぐすためには、その基盤となった「対なる幻想」まで、〈姉妹〉と〈兄弟〉の「性」にまで還らなければならない。吉本が『共同幻想論』を単行本として刊行する際に、書き下ろしとして加えた「母制論」以下後半の五篇は柳田国男の『遠野物語』の地平を離れ、『古事記』の世界へ、神話以前の南島の世界に踏み込んだものだった。そこから吉本の南島論がはじまり、その帰結である『母型論』によって、吉本はふたたび柳田国男の、今度は最晩年の作である『海上の道』と出会うことになったのである。

アジア的思惟への遡行

吉本隆明は『共同幻想論』の「母制論」を直接引き継ぐかたちで発言された沖縄返還論でもある、『情況』に収められた「異族の論理」のなかでこう述べている（この時点で、柳田の『海上の道』についての高い評価も下されている）。

わたしたちは、琉球・沖縄の存在理由を、弥生式文化の成立以前の縄文的、あるいはそれ以前の古層をあらゆる意味で保存しているところにもとめたいとかんがえてきた。そしてこれが可能なことが立証されれば、弥生式文化＝稲作農耕社会＝その支配者としての天皇（制）勢力＝その支配する〈国家〉としての統一部族国家、といった本土の天皇制国家の優位性を誇示するのに役立ってきた連鎖的な等式を、寸断することができるとみなしてきたのである。いうまでもなく、このことは弥生式文化の成立期から古墳時代にかけて、統一的な部族国家を成立させた大和王権を中心とした本土の歴史を、琉球・沖縄の存在の重みによって相対化することを意味している。

吉本にとって「異族の論理」とは、「本土中心の国家の歴史を覆滅するだけの起爆力と伝統を抱えこん」だ南島の可能性を、「理論的に琉球・沖縄における〈姉妹〉と〈兄弟〉のあいだに特別な意味をあたえている祭儀や習俗の遺制」に求めることを意味していた。単行本『共同幻想論』として書き下ろされた後半部は、すべてその課題に沿って書き上げられたものである。『共同幻想論』は表現者としての吉本の個人幻想を、国家という共同幻想に合致させず、共同幻想を解体し生滅させる可能性を秘めた対幻想として自律させる試みでもあったのだ。

そのために吉本は、この列島のなかに「日本」という国家を生み出した根源に存在するアジア的思惟が成立する基盤にまで遡行しようとする。そこには、個人と共同体だけでなく、そのあいだを繋ぎ、さらには両者を徹底的に乖離させもする〈性〉という問題がまったく新たな相貌をもって登場することになった。ここに吉本幻想論は完成する。

吉本にとって、人間はいかなる意味でも「幻想」を生きざるを得ない動物である。人間の全幻想領域は、相互に相容れない三つの領域に分かれている。個体の幻想、共同の幻想、そして〈性〉の関係を軸とした「対なる幻想」である。アジアにおいては、この「対なる幻想」こそが、個体の破壊的でアナーキーな幻想を、共同の幻想へと共振させ、それを共同体の中心へと凝集させるのである。

つまり逆に言えば、「対なる幻想」を自律させることができれば、個体の幻想を共同の幻想から引き剝がすことができる。国家に抗する共同体、国家に抗する家族という「対なる幻想」、神話的かつ現実的な南島の〈姉妹〉と〈兄弟〉、さらには未来のアマテラスとスサノオには、そのような幻想を構築するための実践が求められていたのである。

この『共同幻想論』という探究の果てに、『母型論』と『アフリカ的段階について』が立ち上がる――その詳細については「Ⅳ　最後の吉本隆明」の「3 アフリカ的段階へ」でまとめている。吉本は『アフリカ的段階について』で、「母」としての南島を、「人類史のいちばん多様な可能性をもつ母型（母胎）」、変化の潜在的な可能性そのものであるアフリカの草原に接合する。南島は、あらゆるイメージと原初の詩的言語を産出するアジア、「母」なる大洋だけでなく、潜在的に無限の未来を秘めたアフリカの草原にも通じているのである。柳田国男から吉本隆明へ、いまこそ、その新たな学が命名されなければならないであろう。もちろん吉本「母型論」の批判的な再検討を経た上で、ではあるが……。

III

批評の母型

1　情況へ

『言語にとって美とはなにか』『共同幻想論』『心的現象論序説』で自らの思想を完成させた吉本隆明は、自身を取り巻くアクチュアルな情況へ積極的にコミットしていく。「知」の新たな在り方を模索し、自身の今後の課題を「南島論」へと絞り込んでゆく……。

「知」の不可逆的な変貌

ちょうど時代が一九六〇年代から七〇年代へと大きく転換するとき、一年間にわたって（一九六九年三月から七〇年三月まで）、雑誌に連載された時事批評をまとめたものが『情況』（河出書房新社、一九七〇年）である。吉本隆明にとって、このような試みは初めてのものであった。「一方でじぶんにとって本筋でない仕事であるという異和感をもちながら」、またもう一方で、このような体験がなければ「おっくうで一生涯手をつけることがなかったかもしれない未知だった分野の一端に触れることができた」と、その「あとがき」に述懐されている。新たに生起する事象に強いられ、それをなんとか自分なりの表現にまで高めること。そういった経験は、実は本人が思っているよりもはるかに深く、そしてはるかに根底的に、その後の吉本の思考のスタイルを決定していったように思われる。「現在という未知」に触れ、それを明確にしてゆくために、雑誌の連載というメディアを最大限に活用すること。そういった方法論は、この後も、まずは『空虚としての主題』という文芸時評集に結実し、次いでそれを活字媒体以外の表現にまで拡大した『マス・イメージ論』を経て、現代のあらゆる新たなメディアの再検討に、自らのもっているあらゆるテーマの再検討を総合した『ハイ・イメージ論』の長期にわたる連載に至り、その頂点をむかえることになった。

それでは、その一連の探究の起源に位置するこの『情況』が吉本に強いた条件と、そこで明らかにされ、その後『ハイ・イメージ論』のなかにまで持続されたものとは何か。一言でまとめてしまえば、それは内と外から同時に露呈された「知」の大がかりで、不可逆的な変貌であったといえるだろう。まずはその内側から……。そこでは、この連載の大きな背景となっている〈大学紛争〉が大きな役割を果たした。学生たちの異議申し立てに共感し、しかしながらそれに安易な同調をすることなく、『丸山眞男論』以来疑問を呈されていた伝統的な大学「知」の在り方に対して、徹底した否定と無効が宣告されることになった。

そして、その外側から……。そうした運動と並行するかのようにして外側からもたらされた新たな知の体系、構造主義をその中核とし、行動主義の心理学と情報処理のサイバネティクスにまでひろがる〈機能的な思考〉に対しても根底的な異和が表明され、それを梃《てこ》に、新たな「知」の地平をひらくことが目指された。ここで注意しなければならないのは、吉本は、〈機能的な思考〉（特に構造主義的な思考）の一切を拒否しているわけではない、ということである。たとえば、ミシェル・フーコーの言う「物の秩序」とその体系について、そしてルイ・アルチュセールの明らかにした「重層的な決定」という概念については、思考が可能になる基盤として、さらには思考が開始される条件として、自らの考えに非常に近いものとして認めている（のちに吉本は、フーコーとは友愛と齟齬《そご》に満ちた対話を交わすことになり、アルチュセールの概念についてはそこに独自の修正を加え、自らの書物のタイトル『重層的な非決定へ』として利用することになった）。

吉本は、この『情況』において、大学的な「知」の在り方を否定し、〈機能的な思考〉を超えたところに、自らの新たな「知」を構築することを余儀なくされ、また自らの意志によってそれを目指したのである。そして実は、その新たな「知」の進むべき道さえ、この『情況』のなかに書きこまれていたのである。それは沖縄返還問題に端を発する「異族の論理」、つまりは「南島論」の方向である。吉本にとって「南島」とは、「日本」そして「国家」という概念を徹底的に相対化し、人類の普遍相にまで到達することのできる特権的な場所であった。そのような「普遍」は、つねに自らの間近に生起し、アクチュアルでダイナミックな「情況」を通じてしか見出せないものなのである。

こののち、時評的に述べた文章を『情況』のスタイルを直接に引き継ぎ、テーマを拡大し集大成したものに『重層的な非決定へ』（大和書房、一九八五年）がある。この書物は、吉本のたどり着いた政治的な「現在」の姿を明確に指し示すという点で、雑多な見せかけにもかかわらず、きわめて重要なものである。文学者たちの「反核」署名運動への反対から、それを契機とした埴谷雄高《はにやゆたか》との激しい論争へ。そこで露呈された「未知なる現在」の姿。「反核」という有無を言わせぬ「正義」の強要に対して、吉本は、「重層的な非決定」という概念を対抗させる。それは「「現在」の多層的に重なった文化と観念の様態に対して、どこかに重心を置くことを否定して、層ごとにおなじ重量で、非決定的に対応する」ということであり、そうして寄せ集められたさまざまな文化の破片やガラクタとしか見えないもののなかにこそ、「現在」の核心が存在するのである。その「無意味さの累層性のなかに、究極のイメージが存在し、そこよりほかに、どんな究極を産出する場所も存在しない」のである。これが吉本の「情況」認識の到達点であり、一つの結論となる。

「根柢」としての南島

〈大学紛争〉は、「知」の在り方を大きく変えた。ただただ、権威をもった者から一方的に下され、内に閉ざされた秘儀的なグループのなかだけで伝達が可能になる一元的に意味づけられたメッセージ。それは現実を離れ、隔離された場所に、固定された一つの強固な体系として構築されてゆくだろう。そのような「知」のシステムを徹底的に破壊すること。その結果として、さまざまにひらかれた場所から、さまざまに多様な意味を担ったメッセージを、あらゆる人々に向かって発すること。

そこでは必然的に、メッセージを発する側にも、またそのメッセージを受け取る側にも、予測できない変化が訪れることになるであろう。流動的で、偶発的な出会いによって生まれる混沌としたメッセージの群れ。そのあいだには、すべてに共有される、一つの特別な「場所」などは存在し得ないだろう。しかしまた逆に、メッセージが発せられる、重なり合い、融合し、また相互に反発するあらゆる「場所」には、新たな「知」の創出を目指す「思想の共同性」だけは確立されるにちがいない。

吉本隆明が、〈大学紛争〉から学び、実践したのは、そのようなことであった。こうした実践的な「知」の在り方こそが、吉本隆明を、他の凡百の批評家から屹立《きつりつ》させ、現在でも生き続ける特異な思想家にしたのである。そのような吉本の思索の本質を、最も生々しいかたちで提出したのが講演集『敗北の構造』（弓立社、一九七二年）である。この講演集のなかには、当時吉本がもっていたアクチュアルな課題のすべてが、ほとんど加工されることなく、そっくりそのままのかたちで保存されている。吉本はつねに、眼の前に生起しつつある事象から「普遍」に至ろうとしている。なかでも、この『敗北の構造』とその姉妹編である『知の岸辺へ』（同、一九七六年）で、最も力を入れて取り組まれたのが「南島論」と総称される一連の講演である。

沖縄復帰運動が激化し、それがある種の幻滅とともに受け入れられようとしていたとき、吉本はこう宣言する。「南島」は地域的な「辺境」を意味しない、それは時間と空間を、国家形成以前に至るまで、「共同性」として人間が生きざるをえない人類の普遍的な層に至るまで、はるかに掘り下げることを可能にする「根柢《こんてい》」なのである。そこではわれわれにとって自明である宗教的権威としての、つまり権力としての天皇制は、その起源にある家族的な〈性〉の関係にまで解体されてしまうであろう。そして、そこからしか現代的な課題は生まれてこない。なぜなら、「南島」の探求は、「もし日本の国家、あるいは、国家権力と呼んでいるものを、どこから根柢的にくつがえしてゆくのかという課題にたいして、どうしても思想的に考えられることは、日本の国家、あるいは国家権力というものの、最初の起源から、歴史的にも根柢的にもひっくり返してしまう」ということに直接につながるものだからである。

この後、「南島論」は、たびたび一冊の書物として刊行されることが予告されてきた。主要な講演は『〈信〉の構造 3』に集大成され、その成果の一部は、『琉球弧の喚起力と南島論』に収録された「南島論序説」を経て、『母型論』と『アフリカ的段階について』に至り、現在までの吉本思想の最高の到達点を示している——そしてようやく、吉本没後の二〇一六年に、作品社から『全南島論』というかたちで刊行された。『言語にとって美とはなにか』『共同幻想論』『心的現象論序説』以降の吉本思想の文字通り集大成である。新たな時代の吉本隆明論は、この『全南島論』の批評的な読解からこそはじまるはずである。

ここで吉本隆明の「講演」のスタイルについて覚え書きめいたものをつけ加えておきたい。吉本は、他人と話すことが苦手で、そのため「書くこと」を覚えたとき、そこに救いを見出せたと語っている。しかしながらこの『敗北の構造』以降、吉本の「講演」の数は膨大なものとなる。しかもその上、そうした「講演」が行われる場所を見てみると、非常に小規模な集会が多いことに気がつく。特定のある場所で、長期にわたって、一つの主題を持続的に取り上げていることも分かる。とくにキリスト教関係のものに、それが顕著である。吉本が、ごく小規模の〈信〉を求める聴衆に対して、自らも新たな〈信〉の姿を確立するために、語りかけている姿が思い浮かぶ。このような親密な空間を組織し、語ることによって、多岐にわたる「講演」も、〈信〉の構造というテーマに、徐々に収斂《しゅうれん》してきているようである。

「講演」からみたとき、そこに立ち現れる吉本の姿は「宗教者」のそれである。「南島論」に代表される土俗的な信仰を基礎として、仏教、キリスト教を総合した「普遍宗教の場所」へと至ろうとする想い。賢治について「宗派を超えた神」を、ヴェイユについて「深淵で距てられた匿名の領域」を、ヨブについて「自然・信仰・倫理の対決」を語った講演集、自ら「小遺言集」と名づけている『ほんとうの考え・うその考え』（春秋社、一九九七年）が、現在までのところ、その到達点なのであろう。

特権的な作家・島尾敏雄

『高村光太郎』と対になるような、しかしながらそこに描かれた世界は完全に対照的である作家論が『島尾敏雄』である。しかも、島尾敏雄に関するはじめての書評が発表されてから、「吉本隆明全著作集」の最終回配本として一冊の書物として完結するまで、二十年にわたって書き続けられたものである（『吉本隆明全著作集』第九巻、勁草書房、一九七五年）。さらにその後も、吉本の関心が推移するたびに新たな島尾論が生まれてきている。

吉本隆明にとって島尾敏雄は特権的な作家であった。まずなによりもその作品のなかに表現された「言語」の実験によって――『言語にとって美とはなにか』のなかで、言語の原理的な考察のあと、文学言語の「意味」の極限として真っ先に引用されるのが島尾の『夢の中での日常』の一節である。そして、さらにはそのような「言語」を生み出すことのできた「資質」を形づくり、島尾が真摯《しんし》に生き抜いた三つの「戦場」によって――「死」を命じられ文字通りそこで宙吊りにされた国家の「戦争」、狂気を胚胎《はいたい》した妻という家族の「戦争」、そしてつねに〈関係の異和〉に悩まされ続けた個人の「戦争」。この重層的な「戦争」は、高村光太郎もまた同じように戦ったものである。

しかし高村と島尾の間には一つだけ大きな違いが存在している。それは島尾が狂気の妻との〈純粋な共生〉状態を生き抜き、そこで自らの言語を根底的に変容させ、そこに表現としての言語の「意味」の大きな幅とその豊饒さを獲得したことである（逆に高村にとって智恵子との関係は、言語の「意味」の一元化を強い、それを干からびさせた）。おそらく島尾の闘いを通してはじめて、吉本が独力では展開することのできなかった「対幻想」の世界の極限があらわにされたのである。そして、その「妻」はまた「性愛の初源」を生きる「南島」の巫女《み こ》でもあった。ここに吉本「幻想論」は「南島論」へと接合し、展開されてゆくことになったのである。

2　批評へ

吉本隆明は表現者としてアクチュアルな社会の情況に応答するとともに、いわゆる伝統的な文芸の批評をも、きわめて独自の方向へと深めてゆく。自身の外から（『書物の解体学』）、自身の内、つまりは自身の分身のような存在たちから（『悲劇の解読』）、そして自身の表現を取り巻く環境、すなわち歴史から（『戦後詩史論』）、批評の在り方を刷新しようとする。

特異な評論集

吉本隆明が、はじめて海外の「現代の世界におおきな影響を与えている詩人、文学者、思想家」を対象としてまとめた評論集が、『書物の解体学』（中央公論社、一九七五年）である。吉本の作品群のなかでもきわめて特異な一冊となった。ここで吉本はひたすら禁欲的に、自らの思想的なバックグラウンドから遠く離れた批評の「対象」に立ち向かおうとしている。そしてただ自らが読んだ作品世界からのみ、その対象の「構造」を取り出し、ある種の概念とともにそれを類型化しようとしている。

バタイユは近親相姦的な環界とそこから産み落とされる〈非知〉として、ブランショは言葉そのものの臨界をあらわにする〈死〉として、ジュネは自らを含めてすべてを〈風景〉としてとらえる独特の視点として、ロートレアモンは意味の戯れを可能にする〈倫理〉として、レリスは〈聖〉なるものが生成する母型という環境として、ヘンリー・ミラーは性を徹底させることで自己と世界をともに解体してしまう〈論理〉として、バシュラールは物質に無邪気な信頼をよせる〈想像力〉として、遍歴する乞食詩人ヘルダーリンは不可能な愛を生む〈自然〉として、そして神秘的な嗜好が昂じてほとんど異常の領域にまで到ったユングは夢を食いつくす〈神話〉として。

収録された一つ一つの論考は、それだけで吉本の卓抜な読解の過程《プロセス》を示している。しかしそれと同時に、この書物のなかではまったく触れられていないにもかかわらず、吉本の探究にはなじみの深い「分身」たちの姿をより鮮やかに見出すことも可能になっている。たとえば、バタイユの〈非知〉とミラーの〈論理〉の交点には親鸞が、ジュネの〈風景〉、レリスの〈聖〉、ヘルダーリンの〈自然〉の交点には柳田国男が、ブランショの〈死〉、ロートレアモンの〈倫理〉、バシュラールの〈想像力〉、そしてユングの〈神話〉の交点には宮沢賢治が、おのずから立ち現れてくるかのようである。

つまり、吉本はこの『書物の解体学』によって、一度徹底的に、自らの身近にあって自らに自明である環境を離脱することで、まったく新しく総合された視点から、文学の「表現」へとあらためて立ち向かうことが可能になったと思われるのだ。それがこの書物を「特異」なものとし、未知へとひらかれている印象を与えるのである。

「わかりにくさ」の核心

吉本隆明にとって、自らが最も影響を受け、「生もろとも没入した」五人の書き手――太宰治《だざいおさむ》、小林秀雄《こばやしひでお》、横光利一《よこみつりいち》、芥川龍之介《あくたがわりゅうのすけ》、宮沢賢治――について書かれた比較的長めの論考、「あらゆる生の体験を投入できる唯一の場所」である作家論を集成したものが『悲劇の解読』（筑摩書房、一九七九年）である。

もちろんそれぞれの論考には非常に独創的な見解が示されている。しかしこの書物のなかで最も注目しなければならないのは、極度に難解な「序」である。この「序」において、吉本は自らの「批評」の理念を明らかにしてくれている。それは対象とする「作品」と「悲劇」を介して共振し、それ自体「作品」として自律することを目指す「批評」である。しかしそのような事態は、それが「批評」であるかぎり、「背理」としてしか実現されない不可能な願いである。吉本はそのこともよく分かっていた。だから「序」を語る口調は苦渋に満ちている。

「批評」は作品になることを永久に禁じられている、つまり批評は「死につつある言葉、しかも自覚的に死につつある言葉」でしか語ることができない。そのため批評が取り上げる作品は「いたるところ孔の開いた多孔質のものに変貌して」しまう、と。この「序」のわかりにくさは、そのまま吉本隆明のあらゆる文芸批評につきまとう「わかりにくさ」の核心を語ってくれているかのようだ。吉本の批評は、つねに自らと対象となる作家たちの「あいだ」に、つまりそのどちらの側にも帰属しない中間の領域にしか形成されないものなのだ。だから、そこに紡がれる言葉は、吉本の「分身」であり、作家たちの「分身」でもある（まるで芥川にあらわれたドッペルゲンガーが無限増殖するかのように）。

やがてそれらは「類型」として、一つのイメージに凝集されてゆく（「わが国の優れた文学的な資質のうちにある、おなじような精神の志向性」を抽出することの試み）。だがそれゆえ、そこにあらわれた表現者の肖像は、吉本の側にも作家たちの側にも、そのどちらにも似ていない、ひび割れた、いたるところ「亀裂と空孔」に満ちた異形の自画像となるのである。そういった意味においても、ここに取り上げられた作家たちのなかでは、吉本自身と最も資質的に遠いと思われる「横光利一」に注目しなければならないであろう。おそらくそこにこそ、吉本隆明を無意識に引き寄せる「悲劇の構造」がそれ自体としてあらわに示されているはずだからである。

吉本は、横光を徹底的に「分裂」した書き手と捉えている。それは、まず横光が描こうとした切実な「主題」と、それを描く際に用いざるを得なかったきらびやかで最新の「技法」とのあいだの「分裂」としてあらわされる。横光の「主題」は、「関係の偏執を病み」、「距離という概念を失った」妄想の果てにあらわれる「無垢の受身の善意」を意志することにある。それでは、そうしたものを描くのになぜ「新感覚の文体」を生み出さなくてはならなかったのか。その根底には、あらゆる思考を停止させる「病」の意識が存在していた。その「病」のために、横光は、無機物の「眼」をもって風景の断片だけをとらえ続ける存在にならなければならなかったのだ。ここに表現と結びついた横光の倫理が過不足ないかたちで示されることになったのである。

吉本は、横光の作品の印象的な一節――その最後だけを引用すれば、「俺の身体は一本のフラスコだ。何ものよりも、先づ透明でなければならぬ」――を提示して、次のように述べている。「じぶんはただ風景の節片を受け入れるだけのガラス製の容器に化そう。そうすればどんな神経の苦痛も受け入れることができるから。ここには「彼」の倫理的な意志が語られるだけではない。文体の宣言もまた語られている。いいかえればこれが表現の倫理の宣言でもあったところに、初期の横光の孤独と独創はあった」と。この最初の「分裂」は、作家として円熟し俗化した横光にヨーロッパ各地を外遊させることでさらに増幅され、アジアとヨーロッパの「分裂」という悲劇的でもあり喜劇的でもある対立のなかで、その作品を窒息させることになった。そこにひらかれる深淵は、つねに吉本にとっても目を凝らしていなければならないものであった。

この後、吉本は、文芸時評集であり、特異な作品論でもある『空虚としての主題』（福武書店、一九八二年）を手がけることになる。文芸時評という性格上、基本的に毎月の文芸誌に掲載された作品評が中心になる。しかしそこでもまた吉本独自の「類型化」が貫かれることになった。吉本は、毎月生み出される膨大な文学作品の背後に、それらを統御する「現在」という作者の「無意識」を見出そうとする。作品が成立するぎりぎりのところで、「作品が潜めている無意識を、その無意識が象徴している現在を」探ろうとしたのである。おそらくこの『空虚としての主題』こそ『悲劇の解読』の「序」に記された「作品」としての批評を無意識に実現しようとした不可能な試みであった。吉本の文芸批評は、吉本以外の他の誰もが書くことができない、作家論と作品論が相互転換をやめることのない、それ自体迷宮のような構造をもっているのである。

「敗戦という無」からの第一歩

『戦後詩史論』（大和書房、一九七八年）は、吉本隆明が自ら生き抜いた「戦後詩」の領域を、戦前のモダニズム詩人たちの画一性とプロレタリア詩人たちの多様性から説きはじめ（「戦後詩史論」）、戦争とその敗戦という体験がいかに詩の表現の内実に変化を与え、さらには戦後の長くつづく平凡な日常がその体験をいかに内在化し風化させたかを詳述し（「戦後詩の体験」）、そこから言葉だけが自律した詩的表現の現在がどのように立ち現れてくるかという点までを含めて最新の知見をまとめ（「修辞的な現在」）、一冊としたものである。

ただし冒頭の「戦後詩史論」の原型が連載されたのが一九五九年から六〇年にかけてであり、末尾の「修辞的な現在」が書き下ろされたのが、この書物の刊行と同じく一九七八年のことであった。その間およそ二十年に近い歳月が流れている。この年月のあいだに吉本の詩的表現に対する取り組みにも大きな変化があらわれた。「戦後詩史論」は、『藝術的抵抗と挫折』や「転向論」のモチーフを直接に受け継ぐものであり、それに対して「修辞的な現在」はそっくりそのまま『空虚としての主題』や『マス・イメージ論』の原型とさえいえるものであった。

ここに至って、一冊の書物の主題は真っ二つに分裂しているように思われる。そして、おそらくこの分裂は、吉本隆明にとって必然的なものだったのである。戦争やそれにつづいた敗戦によって根こそぎにされてしまったという断絶の意識、すなわちすべてが荒れ野に、「無」になってしまったという意識を内在化させ、そこから表現の第一歩をはじめざるを得なかったのが、吉本と同世代の詩人たちの「戦後詩」であった。そこでは、その内在的な意識を言葉へ定着させることこそが、最も重要な詩の課題となったのである。

しかし「敗戦という無」の意識が日常性の持続のなかに消え去ったとき、内在的なモチーフを何ももたないでも、ただその「日常性の空虚」の上だけに、言葉の自律的な世界を構築することのできる詩人たちが生まれてきた。そこでは言葉同士の微細な変化や、韻律の響き合い、さらにはそこに表現されたイメージの分裂と融合だけで、詩の新たな次元がひらかれてゆくかのようであった。吉本はこの書物において自らその詩意識の分裂を生き、それをそのまま一つに連接している。そこに吉本の批評の可能性と不可能性の双方が、ともに秘められている。

3 表現の根底へ

吉本隆明の批評の対象は「現在」に限られない。「現在」を生み落とした「過去」へ、その起源へと限りなくさかのぼって行こうとする。そこではもはや表現者であることと宗教者であることの見分けがつかなくなる。源 実朝《みなもとのさねとも》、西行《さいぎょう》、そして親鸞という吉本隆明でなければ可能にならなかった表現の系譜が築き上げられることになる。

源実朝が獲得した「言葉」

『源実朝』（筑摩書房、一九七一年）は、吉本隆明が、「古典」を対象として、はじめてまとめたモノグラフである。それではなぜその主題が「源実朝」でなければならなかったのか。まずそこには、戦争中に吉本が愛読し、吉本以前にきわめて印象的なかたちで「実朝」について書いた二人の偉大な先行者が存在したからである。太宰治と小林秀雄である（この二人は吉本にとって特権的な思考の対象であり、それゆえのちに『悲劇の解読』の冒頭の二章はこの二人について書かれることになる）。そしてもう一つ重要なことは、吉本自身が『共同幻想論』を完成したことである。

源実朝とは、『共同幻想論』が鮮やかに示した共同体の規範と個人の夢幻世界が先鋭的に対立する点を、おそらく最も過酷に生き抜いた稀有の事例なのである。「詩人」にして、当時の「権力」の中心を生きた「制度としての実朝」。しかもその「権力」は、「武門」の成立という、荒れ狂い、解放された「暴力」を条件として、新たに打ち建てられたものであり、当時大きな動揺と変容の過程にあった。実朝はそのような「制度」の中枢に位置し、つねに自らの「死」を見つめ続けながら、古代以来の日本の「詩歌」の表現の伝統（〈和歌〉形式の詩的表現）に、新たな側面を付け加えていったのである。

それは、景物も心も、すべて〈事実〉として述べるということである。「この独自さは実朝の〈景物〉の描写が、〈景物〉をただ〈事実〉として叙して、かくべつの感情移入もなければ、そうかといって客観描写のなかに〈心〉を移入するという風にもなっていないところからきているようにみえる。実朝の〈心〉は冷えているわけではないが、けっして感情を籠めようともしていない。感情の動きがメタフィジックになってしまっている」。詩的表現において、感情を〈事実〉という形而上学的な表現にまで高めること。実朝は、制度と個人の関係の軋みのなかで、「死」さえも相対化してしまうような自らの「言葉」を獲得したのである。

新古今的なものの彼方へ

吉本隆明の「古典」に対する取り組みのなかで、最も特権的と思われるのは、〈新古今的なもの〉への探究であろう。しかし、吉本にとっての〈新古今的なもの〉の本質とは、その人工的な言葉のみで作り上げられた世界の内部にあって、しかも〈新古今的なもの〉とは根底から対立するかのような、二つの極を明確にすることによって特徴づけられていた。

その二つの極をそれぞれ代表するのが、「事実」を叙した源実朝と「生命」を謳《うた》った西行である。『源実朝』と対をなすような西行論は、同じ版元から刊行された『吉本隆明全集撰6』（大和書房、一九八七年）においてはじめてまとめられた。実朝と西行、二人とも新たな戦士の階級出身である。ただし一方は、その「制度」の中心に位置し、一方は、その「制度」から離脱した者ではあったのだが……。二人のうちでも特に「制度」から離脱してしまった西行の歌にこそ、定家的な人工美の世界に亀裂を入れ、言葉そのものを「生命の運動」としてとらえなおす契機が含まれていたのである——「さらに極度に「西行的なもの」がつきつめられると、定家が目指したイメージの絵画とまったく反対の場所にたどりつくといってよかった。生命の絵画はつくられるまえに余裕もなく破壊され、そのうえに行動を示唆することもやめてしまう。ただ眼に視えない袋みたいな定型のなかで、生命が盛りあがっては、も掻き、へこんではまた突出しているイメージがあたえられる。言葉の概念は意味をつくることはつくるが、形象を示唆する以前のところで、原生的な生命感のまま内攻し、ただうごめいている感じになってゆく」。

吉本は、その著作活動の初期から、このような西行的な生き方、その表現の独自性について強い共感の念を抱いていた。吉本にとって、西行は、実朝と同じく、多くの社会関係の交点に生まれ、その矛盾を生き抜き、さらにはそれを独自の表現にまで高めたかけがえのない存在であった。西行には重要な三つのペルソナが重なり合っているのだ。さまざまな権力関係の象徴である出身としての「武門」、人工的な極にまで至った言葉の芸術を生命としての表現に変えた生活としての「歌人」、そして自然死という境地を目指した無数の無名な者たちの伝説を集合させ「死」に対する新たな地平を開いた終焉としての「僧形」である。

書物のかたちで長い間まとまることはなかったが、吉本隆明にとって『西行論』は、『源実朝』と『最後の親鸞』をつなぐ、つまりは〈表現〉と〈信〉とをつなぐ重要な書物である。

「共同幻想」そのものを死滅させる

吉本隆明にとって、自らの表現の基盤には、つねに〈信〉という問題が潜在していた。言語の表現について、個体にあらわれる心的な現象について、さらには個と対と共同を貫く幻想について徹底して理論的に、つまり「知」を極限状態にまで働かせながら追究していったその果てに、一つの「転回」が訪れることになった。その具体的な過程がすべてあらわにされているのが、『最後の親鸞』（春秋社、一九七六年）である。

だからこそこの書物は、吉本にとって「もっとも愛着の深いもの」となったのである。親鸞は、吉本が魅かれていた中世、戦乱の時代を生き抜いた実朝、西行の系譜の最後に位置する人物である。それは実朝が自らの実存をかけて立ち向かい、西行が多くの孤独で無名な思索者たちの「生のかたち」を伝説として引き受けた「死」について徹底的に考えたことを意味する。中世の無名の思索者たちはこの現世を超出するものとして「死」に引きつけられ、そのためすべてを捨てて、ただ自らの「死」だけを望むようになっていた。これは一見ラディカルであるが、実は出口のないニヒリズムの泥沼へと堕《お》ち込んでしまうことでもある。

問題は立て直されなければならない、そして「成仏死の思想は、思想の自然死にまで揚棄される」必要がある。それを担ったのが親鸞である。親鸞はそのために、「無限の時間的な所与を付託されたある絶対的な場所から、生と死を相対化する方法を獲得」したのである（以上は『西行論』より）。この親鸞のたどり着いた「ある絶対的な場所」に明確な言葉をあたえること、吉本がそれほど厚くはないこの書物で試みたのは、ただそのことだけである。

だが、それは同時に、『共同幻想論』がその実践的な目的として掲げていた、「共同幻想」のさらに〈彼岸〉に描かれる共同幻想である「死」を解体し、「共同幻想」そのものを死滅させるという課題に一つの解答をあたえることにもなった。だからこそ比較的おとなしい外見をしていながら、この書物は吉本自身に引き返すことのできないさらなる一歩を踏み出すことを強いたのである。

親鸞のなかにあるのは徹底的な〈解体〉への意志である。〈解体〉とは知と愚、善と悪、生と死といった自明な区別を受けつけず、その区別自身を解きほぐしてしまうことである。それは最終的には「非知」という地平に至る。吉本にとって『最後の親鸞』があらわにした〈知識〉にとっての最終の課題とは、「頂きを極め、その頂きに人々を誘って蒙《もう》をひらくことではない」、また「頂きを極め、その頂きから世界を見おろすことでもない」、つまり「頂きを極め、そのまま寂かに〈非知〉に向って着地することができればというのが、おおよそ、どんな種類の〈知〉にとっても最後の課題」なのである。

この〈非知〉の状態に至ってはじめて、あの「絶対的な場所」へと向かうことができる。しかしそれは彼岸に向けて垂直に超越することではない。そうではなく、今ここにあるまま、「横ざまに超える」（横超する）ことこそが重要なのである。「横超」とは、「口にも文字にもあらわせないような、思惟を超えた信楽、そこに具象化される〈真実〉と〈虚偽〉との距たり、あるいは如来と人間とのあいだの距たり」といった絶対的な距離を、あるがままにその「絶対的な距《へだ》たりの自覚において一挙に跳び」超すことである。それこそが〈信〉をそのままで楽しむという在り方なのである。この地点に至るまで〈信〉の構造を把握するということは、吉本幻想論の体系を自ら解体することに等しい。ここからさらに進むとすれば、「生命」そのものの表現領域へ向かうか（『母型論』の方向）、〈アジア〉的思惟のさらに基盤となる人類の普遍的な相へ向かうか（『アフリカ的段階について』の方向）しかないであろう。それは思考を徹底的に問いつめる者の、不可逆的で、必然の過程なのである。

この後、吉本は『最後の親鸞』で明らかにされた〈非知〉を、〈死〉というかたちに読み替えてゆく。「死後」の存在など信じていない吉本にとって、「死」に直面した（「臨死」状態の）人々の体験や、「死」に関してぎりぎりまで思考した哲学者たちの知見は、「生」の極限、つまりは〈非知〉が出現する諸条件を明らかにしてくれるのである。そうしてまとめられたのが、『死の位相学』（潮出版社、一九八五年）であった。

ブランショの「非人称の出来事」としての〈死〉を起点として、ハイデガーの〈死〉を覚悟した存在としての人間の「実存」、さらにはフーコーによって見事に描かれた分布する〈死〉に至るまで、ありとあらゆる〈死〉が徹底的に考察されている。そしてフーコーが言う、分散され、多様な「死」を徐々に死んでゆく身体というイメージをもとに、実は〈死〉のプロセスと〈誕生〉のプロセスはほとんど同じものであり、相互に転換可能なものであるという驚くべき結論が導き出される。ここに新たな生＝死の哲学が生まれたのである。

4　母型と反復

表現の根底への探究は、吉本隆明を、表現の「母型」へと導く。吉本は、方法としての「解体」を徹底し、いまだ明確な「かたち」（リズム）が生まれる以前、その始原である「母型」へとたどり着く。「母型」から表現が生み出されるためには、なによりも反復が、創造的な反復が行われなければならなかった。反復によって差異が、新たな表現が生み出されてゆく。「母型」の反復によって「詩」が生み落とされ、やがてそれは「物語」へと結晶する。そこに吉本隆明の「批評」（解釈学）の完成が訪れる。

『初期歌謡論』が切りひらいた領域

『言語にとって美とはなにか』と『共同幻想論』の成果をもとに、「日本語」（「和語」）で表現された詩（「歌謡」）の最古に想定される「かたち」に理論的に肉薄し、そこから「和歌」の成立までを追った労作が『初期歌謡論』（河出書房新社、一九七七年）である。「詩語」をめぐる吉本の探究がたどり着いた一つの到達点でもある。

吉本隆明がここで駆使するのは「解体」という方法である。古代歌謡の真の姿には、

「対象を解体させる想像力の働き」がなければ決して迫ることはできない。そのために、まず一番はじめになさなければならないのは、『古事記』や『日本書紀』といった「神話」の「解体」である。つまり「記紀成立の政治的な情勢から、古代歌謡を解放」することである。それは「『古事記』と『日本書紀』の本文にはさまれた歌謡を、現存するもっとも古い詩形とみなして、『古事記』および『日本書紀』の本文からまったく切り離」し、ついで「本文と適合させるために挿入したとみなされる句あるいは節があったら、みんな削って」しまうことである（以上、『初期歌謡論』の直接の原型となった折口信夫記念講座の発表「古代歌謡論」より）。

このようにして見出された、「表現」としての古代歌謡の基盤には一体なにがあるのか。そこには、意味の「反復」（「畳み重ね」）だけが存在しているのである。そしてこの意味の「反復」、つまり同じ意味をもったさまざまな語を「畳み重ねて」いくことこそが、和語に固有のリズムを生み出し、人々に「謡《うた》」としての感情を表出させ、さらには古代歌謡の本質を形づくる〈枕詞〉として結晶していったのである。この列島に住みついた人々に、そのような意味の「反復」という表現を強いたのは、「漢字」という自分たちのものとはまったく異質で、より高度な表記システムとの出会いであった。

話すことと書くことの間にある埋めることのできない溝、その限りのない「異和」。吉本は、古代歌謡の根源に、「日本語」で表現するということの困難な条件、「日本語」で書くということの宿命的な条件そのものを見出している——「しかし和語による歌の発生は徹底的にいえば、ここまでゆくより仕方がない。漢語の文化の波にうちよせられている未明の和語の島という比喩に、歌の発生の最初の問題があらわれた。またひろく未明のアジア南方語と北方語の重なった層に、漢語的な文化が押しよせたためのせめぎあいに、歌の発生の最初の問題があったといってもよかった」。

語る言葉と書く言葉の間の「関係」の軋み、それこそが、時間の彼方に陽炎《かげろう》のように存在する原初の共同体の「トーテムの重さ」しかもたない言葉、「胎内をかけめぐる時間」しかもたない言葉に、まずは「反復」としての表現をあたえた。そして、この列島のあらゆるものを根こそぎにする「文化」の波は、その後何回もやって来た。「漢詩」というかたちで、さらには「物語」というかたちで。そのたびに古代歌謡の体系は大きく揺らぎ、具象性に満ちた「反復」は解体され、やがて物語性と象徴性をもった「和歌」が成立することになったのである。

吉本はこの書物で、折口信夫、本居宣長《もとおりのりなが》、賀茂真淵《かものまぶち》という伝統的な「国学」の系統を批判的に継承し、独創的な「日本語論」を展開したばかりでなく、「エクリチュール」という、文化人類学者クロード・レヴィ=ストロースが先鞭をつけ、ジャック・デリダの『グラマトロジーについて』によって徹底的に止揚《しよう》された表現の「問題」に対して、まったく異なる視点から新たに検討する可能性を、独力で切りひらいていったのである。『初期歌謡論』が切りひらいた領域はきわめて豊饒なものである。のちに吉本の思考は、ここに見出された「古代」の豊かな言葉の概念のうえに、見事な「史観」を構築することを可能にした（「三木成夫の方法と前古代言語論」および『アフリカ的段階について』）。「初期歌謡」として我々に残されている一連の言葉の世界には、この日本の歴史の古層に間違いなく存在した〈アフリカ的段階〉と称される共同社会の痕跡が、確実に残されているのである。それればかりではない。その時間の起源に想定される言葉の世界は、実は現在「辺境」と位置づけられる地域に生活する人々が実際に使っている生きた言葉から類推され、「変換」されることで、その真の姿が現れ出るものなのである。

琉球語に見られる逆語順と、アイヌ語に見られる地名の表記法。これが「初期歌謡」を解読する大きな手がかりとなる。それらはともに地名が反復される「枕詞」（この「枕詞」理解こそが吉本の最も独創的な発見である）の意味論のなかに典型的に見出されるものである。吉本は、「初期歌謡」の自明な年代づけを徹底的に解体し、「枕詞」の読解を中心に、新たな年代の体系を編成し直す。「逆語的な枕詞から、同語的な枕詞へ、それから枕詞が上にくる正語的な枕詞へ」と。

とくにこの「同語的な枕詞」の段階に、古本は日本の前古代における〈アフリカ的段階〉の縄文人と〈アジア的段階〉の弥生人の接触した時期を幻視している。これは非常に美しくまた魅惑的な言葉の世界史である。学問的な対象を詩の言葉で語る。そこに吉本隆明の批評の到達点もまた存在する。もちろん、吉本の方法は、近代的な学問の方法とはかけ離れている。それゆえ学問的な検証にはまったく耐え得ない。しかし、この豊かで詩的《ポエティック》＝批評的な達成を批判的《クリティカル》＝批評的に検討し、継承していくことこそが、未来の解釈学にして未来の批評の道を切りひらいていくこともまた、間違いないであろう。

『源氏物語論』という不可能な試み

吉本隆明が構想した言語の表出史において、さらには「詩語」としての日本語の表現において、「物語」の導入は決定的な役割を果たしていた。「万葉集的なもの」から「古今集的なもの」への表現の飛躍には、つまり「詩語」の具象性から象徴性への転換においては、なによりも『竹取物語』の存在とそこに出現した新たな「歌」こそが必要とされた。そこで人ははじめて、自らの置かれた個別の状況に対する「想い」を、口語体によって自由に述べることが可能になったのである（『初期歌謡論』）。

そしてそれは同時に、言語の表出史においても、「詩」の領域を土台として、「あらたな言語面」が成立し、現代にまで直結するような広大な表現の領域がひらかれたことを意味していた。吉本はそれを、詩の〈自己表出〉の頂きに引かれる〈仮構〉の線を底辺とする、あらたな言語帯として考察している。そこにおいて、作者たちは「一本一本では透明でみえない糸が、とりあつめられれば白色にいぶされた繭《まゆ》を形づくるように、現実的世界のさくそうした対他意識の網の目を、ひとつの白色の繭のように、現実関係そのものから言語の〈仮構〉性のうえに、吐き出さざるをえないような現実」に直面し、なおかつそれを繊細に描き切るだけの表現の力を獲得したのである（『言語にとって美とはなにか』）。

そのような新たな言語「表現」が集大成され、はじめて総合されたところに位置づけられるのが『源氏物語』なのである。だから『源氏物語』を論じるとは、ただそれだけで「物語という概念、文学という概念全体」を論じることにほかならない。そのような不可能な試みに挑んだのが『源氏物語論』（大和書房、一九八二年）である。吉本が『源氏物語』のなかに見出したのは、「母なるもの」が二重化された作品世界の構造である。そこでは、物語の展開を牽引《けんいん》する「母型をもとめる近親相姦の願望」に根ざした「関係」の劇と、その「関係」を可能にする「環界」として作品世界そのものを浸している「自然の無意識」（物《もの》の怪《け》の跳梁《ちょうりょう》する世界）の諸相が分かちがたく結びついている。吉本にとって『源氏物語』とは、「母型としての物語」と「物語の母型」が重ね合わされ、その可能性のすべてが描き尽くされた、「幻想」としての表現の起源であり、またその究極のかたちでもあった。表現の「母型」が創造的に反復されることで、誰もが踏み入れたことのない「物語」の次元が切りひらかれたのである。

IV

最後の吉本隆明

1　偏愛的作家論

吉本隆明にとって読むことは書くことであり、書くことは読むことであった。そういった意味で、吉本隆明は、徹頭徹尾、「批評家」であった。吉本は他者を介して自己を語り、自己を介して他者を語った。そこに「私」でもなく「あなた」でもない、しかし「彼」でもあるし「彼女」でもある、未曽有の表現の主体が立ち現れる。最後の吉本隆明は、最も愛した表現者たちとともにあった。

宮沢賢治——表現の在り方として憧れ続けた詩人

吉本隆明のなかには、つねに「詩人」と「批評家」が同居している。この両者の統合、さらにはその相克から、吉本にとってすべての実り豊かな成果が生まれてきた。吉本が「批評家」として、自らの先達に意図的に位置づけているのは、柳田国男である（『母型論』の「序」はその宣言でもある）。そして「詩人」として、さらにはその表現の在り方として、少年時代から憧れ続けていたのが宮沢賢治なのである（吉本は、自らの出発点を「宮沢賢治論」で飾ろうとしていた。その論の骨子は『初期ノート増補版』のなかにすべて収められている）。

柳田国男と宮沢賢治、吉本にとって「詩語」の発生とは、この両者の視点の交差と反発のなかにこそ存在している――「おもうに東北の詩人宮沢賢治が、当然おおきな言及の場所を与えていいはずの柳田にたいして、沈黙の空白、あるいは空白の沈黙をもってしたのは、旅が芸術だとする柳田の認識に、土着農耕の生活が芸術だとする理念を対置させたからだとおもえる。また自然の景観が生活史だとする柳田の認識にたいして、景観そのものが芸術だとする詩を対比させたからであろう」。

しかしこのように書く吉本の資質は、実は徹底的に「批評家」のものである。そう喝破したのは、実の娘、よしもとばななである（『言葉からの触手』文庫版解説）。よしもとばななは、こう記している――「文学で言うと宮沢賢治のような感じに今にも転びそうなものですが、この著者の資質のなかにはその種類に属する性質があるように思えるのに、なぜか著者の文章の世界はそこには属していません」と。このような「詩人」と「批評家」が内部で矛盾しながら結び合わされている吉本隆明が、その矛盾のダイナミズムの赴くまま、敬愛する詩人についての一冊の本を書き下ろした。それが『宮沢賢治』（筑摩書房、一九八九年）である。

吉本にとって、宮沢賢治の表現の世界とは、「童話的世界」としてまとめ上げられるのがふさわしいものであった。しかしここで「童話」という術語にあらわされた〈子供〉という観点は、〈未開人〉や〈夢〉の世界がそうであるのと同様に、幼稚で未発達な世界を指すものではない。逆に、それらすべてに共通するのは、「言葉や行為の結びつきを支配する価値観の流れが独特なために、奇妙な膨らみ方をした独特な世界」を表現しているというところにある。特に宮沢賢治の童話的世界は「自然の立体視あるいは離人症的な視点」として特徴づけられるものである。そのため賢治は、「自然」に対してミクロからマクロまであらゆる視点を自在にとることが可能になった。さらには、現実に幻想を、さらにはその幻想の彼方に「死後の世界」のイメージを容易に重ね合わせることさえ可能になったのである（以上、『悲劇の解読』所収「童話的世界」より）。

このような特異な内面をもった詩人が表現した「詩語」の世界を、具体的な言葉にして説明するという困難な課題に挑み、見事に一つの解答を導き出せたところにこの書物のもつ大きな意義がある。吉本にとって、賢治の詩の本質には「自然」との無媒介な接触、「自然」への内攻がある。賢治のはじめての、そして生前発表された唯一の詩集『春と修羅』には「人間関係の迷路にまよいこむのとおなじ意味で〈自然〉（の景観）に手をかえ品をかえてのめり、内攻してゆく無限情熱みたいなもの」があり、「人間関係の迷路にむせかえるのとおなじ意味で、〈自然〉との交歓と融合にむせかえっている」ところに、その表現の最大の特徴がある。

このような資質をもった詩人が書きあらわし表現する「言語」は、吉本が、「詩語」の理念として措定したものの極北である――「宮沢賢治は擬音と造語の世界を限度をこえてひろげていった。それは普遍言語をもとめて、それで意味多様体をつくりたいという桁はずれた願望と、乳幼時の資質とがからんだ記述自体がドラマになった世界のようにおもえる。賢治はじぶんの思考を他者に伝えたいと願ったとき、その願いは瞬時にかなえられるはずだという彼のユートピアを、条件からきめてゆきたかった。意味多様体のアモルフなそして重層したかたまりを、いっきょに表音で実現できたらという願望が、じぶんのユートピアと一致できる言葉の場所が、かれの擬音と造語の世界だった」。

ユートピアとしてしか実現できない、さまざまな意味を同時に表現する直接性の「言語」。これは「楽園の言語」であり、「言語の楽園」でもある。吉本隆明が自らの「詩語」の果てに現れるものとして夢想した世界の記述で、文字通りこの特異な書物は結ばれているのである。吉本が宮沢賢治のうちに見出した、意味多様体のアモルフで重層した「詩語」の姿は、この後、『母型論』において、より科学的にそしてよりポエティックに展開されることになる。母音の「大洋」に浮かぶ、自然の風物をすべて音としてとらえることを可能にする「胎児」の喜びに満ちた世界として。

柳田国男――「旅人」としての眼差し

吉本隆明にとって、柳田国男は特別な存在である。柳田の夢見がちな、特異な個性がなければ、個人幻想と対幻想、さらには共同幻想が浸透しあったアジアの古層に存在する「薄暮の感性がつくりだした」世界の、幻想領域の全体像を感受することなどできなかったであろう。吉本にとって、柳田はまず、さまざまな「幻想」に取り憑かれやすい特別の資質をもった個体、「眠り」の世界に誘われ、そこに言葉を紡ぐ〈憑人《つきびと》〉としてあった。柳田が囚われた「幻想」に共通してあらわれる「構造的な志向」を抽出するとすれば、それは「柳田の入眠幻覚がいつも母体的なところ、始原的な心性に還る」というところにある。このようなあらゆるものの「母型」を幻視する者、「このつよい少年時の入眠幻覚の体験者が『遠野物語』の語り手であるおなじ資質の佐々木鏡石《ささききょうせき》と共鳴したとき、日本民俗学の発祥の典拠である『遠野物語』が」生み落とされたのである（以上、『共同幻想論』より）。

さまざまなイメージを発散する「物語」の原型を探究すること、さらにはすべての幻想が発生してくる心的な「母型」をつねに意志すること、これはまた吉本隆明の生涯を貫徹するテーマでもあった。そのような吉本の柳田に関するあらゆる論考を集大成したのが、『柳田国男論集成』（ＪＩＣＣ出版局、一九九〇年）である。ただし、この書物は、残念ながら

「柳田国男の新しい像を作りあげようとしたが、ただたくさんの問題を残している」段階にとどまっている。しかし、『共同幻想論』以降、本書の核となった「柳田国男論」の連載（一九八四年から八七年まで全八回）がなければ、この後の『母型論』や『アフリカ的段階について』で十全に展開されることになる議論は可能にすらならなかったであろう。両者はそれぞれこの書物に見事に描き出された「大洋論」（Ⅰ　縦断する「白」）と「風景論」（Ⅲ　旅人・巡回・遊行）を直接の起源としている。

　それでは吉本による柳田論に固有の価値は一体どこにあるのか。それは「柳田国男論」のうちでも特に、第Ⅱ章「動機・法社会・農」にある。ここにおいて吉本は、柳田国男が独自に志していた〈自然主義〉の根底にあるものを描くことにはじめて成功したのである。それは『山の人生』の冒頭におかれた二つの実際に起きた事件についての、田山花袋《たやまかたい》とのやりとりの「齟齬」に最も鮮明にあらわれている。吉本は言う。柳田がつねに自らの表現の生まれてくる起源に置く事件、「死に至る犯罪」はすべて「自然の風光のなかでの犯罪」である。その惨劇は「風光の無関心《イナートネス》」のなかで行われ、それゆえ「自然権的な無雑作な残酷が基礎」となったものである。ここに人間的な「自然」は共同的な「法」の起源と鋭く対立し、その両者の絡み合いにこそ、人間的なあらゆる「条件」が露呈されることになる。

　柳田はつねにこの領域を見つめていた。ここに田山の「自然」とは次元が異なった柳田の〈自然主義〉が成立することになる。それは「自然法と実定法の、それぞれの起源にあたる人間的な行為のうち、このふたつの法概念のあいだの断層や亀裂や空隙《くうげき》ともいうべき意味空間に陥ちこんだ不可避の殺人や、死や、犯罪の行為」に表現をあたえることである。これはそっくりそのまま、吉本自身の『心的現象論』と『共同幻想論』の間にひろがる「裂け目」、さらには個人幻想と共同幻想の間の「断層」を、はじめて明確に言葉で指示し得たものなのである。この後、吉本は、柳田の「地名論」を徹底的に読みなおす作業に着手することになる。その大きな転機になったのは、「柳田国男論」で展開された柳田に特徴的な風景の把握の仕方と、『ハイ・イメージ論』で明らかになったランドサットから見られたすべてを自然過程に還元してしまう「世界視線」による映像である。

吉本は、柳田が風景をとらえる際には、「旅人」として二重化された独自の眼差しをもっていたという。「旅人」は「風景」を、自らの眼と平行な視点から見るばかりでなく、鳥瞰《ちょうかん》や俯瞰《ふかん》といった上からの視点、つまりすべてに「形態」を与えることを可能にするようなもう一つ別の「眼」をもっているのである。この「眼」によって、旅人は、そこに住んでいる人には分からない「風景」の変貌を見ることができる。つまり、「旅人」は風景を増殖させ、自然を植える眼をもつものだ。風景は村里や町の人々の干渉によって破壊されるものだが、その破壊は豊饒化と多様化をも意味しているとみるべきだ。風景は構成的になるにつれて、豊饒化する」のである。「旅人」は、風景の変貌を「自然過程」としてとらえることができ、それに言葉を与えることができる存在なのだ。

吉本が、柳田の「旅人」の眼を通して描き出したイメージを、さらに「世界視線」によって普遍化し得たとき、そこには、人類の始原における、「自然」に対する命名行為の歴史過程のすべてが見出されたのである。まず、自然現象や地勢が命名される、それが反復され、神々の固有名が生まれる。そして地名と人名が分かれ、地名は物語化されてゆく。『初期歌謡論』で描き出された、母型とその反復による文学の発生というヴィジョンとも大きく共振し、交響する。柳田の「地名論」と吉本の「枕詞論」は深く通底していく。

シモーヌ・ヴェイユ——「神」を考察した革命思想家

吉本隆明にとって、『甦るヴェイユ』（JICC出版局、一九九二年）という一冊の書物の主題となったシモーヌ・ヴェイユは、宮沢賢治とおなじくらい強い関心で惹きつけられてきた思想家である。吉本にとってヴェイユとは、「革命思想を内在化し、内攻させていった資質の方向に掘りすすんで、神の考察」に否応なく衝突し、そこで自らにとって必然ともいえる思索のうちに生を終えた存在である（「あとがき」より）。そしてヴェイユのこうした「神」の考察によって、吉本には、「マチウ書試論」以来の、キリスト教に関する共感と、それにないまざった鋭い異和感があらためて突きつけられることになったのである。

まず吉本は、「革命思想の内在化」について、ヴェイユの「工場体験」から、その本質を鮮やかに描き出す。「知性」だけではとうてい太刀打ちのできない、裸の「労働」の世界。そこには苦痛と、しかしながらその最底辺においてさえ、人間への〈信〉につながるささやかな触れ合いが存在していた。そして――「ヴェイユは〈労働者になること〉あるいは労働者が〈労働者であること〉という〈体験〉が「政治」や「革命」と根柢から背離をたしかにしてゆくものだ、ということを根拠にして「政治」や「革命」を否認するようになったといってよかった。そうしてそのあとで〈労働者になること〉あるいは〈労働者であること〉を根こそぎ無価値にする場所への通路がしめされるべきだ」と。

このすべてが根こそぎにされる場所にヴェイユは「神」を待ち望む。そのためには「自己そのものの存在の抹殺」が果たされ、「私」は滅び去らなければならない。吉本はこのようなヴェイユの思索の展開を、「根柢からキリスト教的だ」とする。そしてこの「否定性」の実存を目指す思想は「不健康」で「病理にむかう」とも。しかし、吉本はヴェイユの実存の在り方を否定し尽くすことはできない。「この思想家はほんとの悲劇だ。そしてほんとに根拠がある病気だ」と。おそらく吉本にとってキリスト教的な思惟こそ、自らにとって最も〈異和〉をあらわにするものであり、そのなかでもヴェイユこそ、徹底的に

「異質」でありながら、それに関する思索をつねに誘う、かけがえのない存在だったのである。だからこそ、この書物のタイトルは、『いたましいヴェイユ』としてもよかったのである。

夏目漱石――反復される「三角関係」

「十代の半ばすぎから幾度か作品を繰返し」、「隅々までぬかりなく」読み返してきた夏目漱石について、四回の講演をもとにして、一冊の書物としてまとめられたのが『夏目漱石を読む』（筑摩書房、二〇〇二年）である。一人の「小説家」の作品世界の構造を論じたものとしては、『島尾敏雄』以来のものである。ただし、作家論としては、この書物のもとになった講演が行われていた時期（一九九〇年から九三年にかけて）に、やはり若年のころから非常に愛着をもっていた詩人の宮沢賢治について、さらには思想家の柳田国男について、それぞれ一冊の書物が相次いでまとめられることになった。

吉本は、九〇年代への転換期、自らに大きな影響、「強い執着」を与えた表現者たちの内奥に、あらためて迫ろうとしていたわけである。そしてまた、この漱石論は、『悲劇の解読』で駆使された表現者のもつ「悲劇」という資質に作品世界を還元する「作家論」の方法と、『空虚としての主題』で前面化された作品世界の背後に「時代の無意識」の構造を探るという「作品論」の方法が、見事に総合されたものとなった。

　吉本は、ここで漱石の代表作十二篇を取り上げて、徹底的に分析してゆく。そこから見出されたものは、漱石をつねに悩ませた限りなく「パラノイア」に接近してゆく資質と、作品世界のすべてを統御している「三角関係」という無意識に胚胎された「悲劇の構造」なのである。漱石にとっての「三角関係」、それはきわめて特異なものである。二人の男と一人の女の関係。しかも二人の男の間にも、対等で親密な関係が築きあげられている。この「三角関係」を突き詰めてゆけば、その当事者たちはすべて破滅し、自壊するしかない。漱石とは、つねにそのような「悲劇の構造」を「反復」せざるを得なかった作家だったのだ。

　結局のところ、漱石とは、文学にはじめて「反復」、それも「反復という行為それ自体がふるえ（摂動《せつどう》）であるような反復」をもたらし、まさに「日本近代文学の形態の起源」となった作家なのである。「漱石はわが近代文学の作品のなかに、はじめて形態とよぶにあたいするものを認知し、それをあらわして、彫りのふかい、深刻な立体感をもった作品を創造してみせたといっていい」（以上は『ハイ・イメージ論』より）。そして、漱石があらわにした関係の構造、「悲劇の構造」を吉本自身もまた生きたに違いないのである。おそらく吉本にとっての「対」なる幻想の起源もまた、そこ、漱石的な「三角関係」にある。

2　イメージの臨界へ

吉本隆明のすべての営為を「言葉」（「詩語」）の探究が貫いている。「言葉」は意味であるとともに「像」（イメージ）でもある。人間にとって「イメージ」とは何か。それを時間的かつ空間的な限界にして極限にまで探ること。「イメージ」はどこに起源をもち、そしてこの今、どのような変容を遂げようとしているのか。それが吉本にとって最後の問いとなる。

未完のプロジェクト

吉本隆明は『マス・イメージ論』（福武書店、一九八四年）において、表現の対象とする世界の側に不可避的な変貌をもたらした「「現在」という巨きな作者」の構造とシステムに肉薄しようとする。だが、そこで大きな困難に出会う。さまざまな領域にひろがるマス・イメージを内在的に分析するだけでは、「現在」の限界にまでは迫ることができない。なぜなら「現在」もまた、自らのその「現在」に「矛盾する自己表出（自己差異）を内蔵しているから」である（「あとがき」より）。

吉本の次なる課題は、この「現在」の孕む「自己差異化」の運動に明確な言葉を与えて、「現在」を絶えず乗り越えてゆく「未知」へと至ることである。そこで吉本は新たな一つの概念を手に入れることになる。それこそが、あらゆるマス・イメージの生成と分化を可能にする「外」からの眼差し、すなわち〈世界視線〉である。この〈世界視線〉を可能にした条件と、その〈世界視線〉によって明らかにされる「未知なる現在」の諸相を、あらゆる角度から、そして徹底的に分析したのが、現在まで合計三冊が刊行されている『ハイ・イメージ論』（福武書店、一九八九―九四年）である。

吉本はこの『ハイ・イメージ論』において、「未知な現在」を追いつめ、そしてまた「未知な現在」から追いつめられた、と書き記している。そのせめぎ合いの頂点で、まさに一九九〇年代に入るとともに、いくつかの理由から、この「ハイ・イメージ論」の連載は中断されることになった。さまざまな領域にあらゆる可能性をひらいたまま、『ハイ・イメージ論』は未完のプロジェクトとなったのである。吉本は、この後〈世界視線〉によってはじめて自らに開示された、「人間」を生み出した最も基底となる層の発掘へとむかうことになる。その「起源への遡行」こそが、九〇年代の吉本の代表作『母型論』と『アフリカ的段階について』に結実することになった。

とするならば、空白の十年を経て世紀が変わり、吉本がこの世を去った今、われわれに残された課題とは、吉本が「遡行」することによって到達した「普遍」から、ふたたび『ハイ・イメージ論』の方へ、「現在」から「未知」の方へと向かうことにほかならないであろう。吉本に高次のイメージという考察を強いた〈世界視線〉とはどのようなものだったのか。吉本はそれを二つのまったく異なった領域から導き出し、融合させる。一つは、人間の臨死体験（「死の位相」）であり、もう一つはコンピューター・グラフィックスである。この両者とも、正常な人間の知覚（地面に平行して絶えず直進するもの）では不可能な視点を可能にする。それは垂直方向から見られた「想像的」な視線であり、「対象のあらゆる場所にまったく等価に透過する」ものである。

しかも現在では、そのような垂直で、なおかつ自在に変化するような想像的な視線の極限は、ランドサットに代表される宇宙からの高度な情報処理技術によって、誰でもが、より大規模に、よりリアルに体験することが可能になってしまった。ランドサットが明らかにするのは、自然と人工のあいだの区別をもたない「大地」そのものの表情である。人間は、ここではじめて、自分たちがそのわずかな褶曲《しゅうきょく》から生み出されてきた「大地」と向き合うことを余儀なくされたのである。ここにおいて、すなわち「対象のすべての場所に透過して反射してくる視線と、それを世界視線の場所から照射しているもうひとつの視線のふたつが、網状の格子をつくる場所」においてこそ、「ハイ・イメージ」が産み落とされるのである。

「網状の格子（マトリックス）」として、あらゆる意味を発散する高次のイメージを生きる「人間」。吉本は、そこに「分裂症」としての人間の新たな類型を見出す。しかも超資本主義が達成された社会においては、その「分裂症」的な知覚でさえも、高度に情報処理された人工的な音と映像で、あらゆる人々が体験可能になっているのである。「人間」とそれをとりまく「環境」は、「自然」と「人工」が複雑に絡まりあった、新たな「機械圏」を形成する。その「機械圏」を生きる人間のイメージとして、吉本は、絶えずカフカの描く世界を参照している。

『マス・イメージ論』の冒頭の「変成論」では、『変身』の主人公グレーゴル・ザムザが、「分裂病的な体感異常」をもち、世界を変成させ、未知に向かってひらかれた「新しい心身の世界」を、「表現」にはじめてもたらした者としてとらえられている。『ハイ・イメージ論』では、第一巻の「像としての音階」でジョン・ケージとともに、第三巻の「舞踏論」では土方巽《ひじかたたつみ》とともに、「音」の根源、「身体」の根源を切り開き、「機械圏」の発する微細な震えを感受できる新たな〈動物〉へと人間が変身することの特権的な指標として、カフカの諸作が取り上げられている。

高度資本主義下の世界のなかを、カフカのように生き、カフカのように書くこと。吉本は『ハイ・イメージ論』の未だ書かれざる結論で、そう誘いかけているかのようだ。

カルチャーとサブカルチャーのあいだで

一九八〇年代の吉本隆明は、それまでの「表現としての言語」という視点をより深化させ、未知なる〈イメージ〉の領域の探索へと赴いた。それはカルチャーとサブカルチャーの区分を無効とする「現在」という巨大な作者とは一体何者なのかという疑問にはじまる『マス・イメージ論』から、「世界視線」という一つの究極の〈イメージ〉（それは「未知な現在」そのものを規定する）にたどり着いた三冊に及ぶ『ハイ・イメージ論』まで、一連の膨大な作品群を生み出していった。

『マス・イメージ論』では、現代の文学とともにＣＭや少女マンガや歌謡曲が語られ、『ハイ・イメージ論』では、それが都市論やコンピューター・グラフィックスやファッションや現代音楽に、そしてさらには経済学や哲学や自然論にまで「拡張」されている。ここで一見、吉本は「表現としての言語」というテーマから大きく離脱したように思える。しかしそうではない。吉本にとって〈イメージ〉が生成される根底には、つねに「言葉」が存在していた。それを最も純粋なかたちで抽出したのが『言葉からの触手』（河出書房新社、一九八九年）である。

短いが極度に凝縮された十六の断章（『吉本隆明全詩集』では散文詩として収録されている）からなるこの書物は、ちょうど『ハイ・イメージ論』が連載されていた一九八〇年代の後半、それと並行するかのように書き継がれていた。つまり『ハイ・イメージ論』と『言葉からの触手』は、お互いをお互いのなかに映し出す鏡像の関係、さらに言えば、それぞれがそれぞれの「虚」の焦点となる関係にある。そして『ハイ・イメージ論』では、さまざまな分野に拡大し拡散していってしまう〈イメージ〉が、ここでは「言葉」として焦点を絞られ、また「言葉」として結晶している。

それでは吉本がこの『言葉からの触手』で実現しようとしたことは一体何なのか。その主題は「あとがき」に簡潔にまとめられている。「この断片集は、言ってみれば生命が現在と出あう境界の周辺をめぐって分析をすすめている」、そしてその場合「境界を出あいの場にしているのは言葉だとみなされている」のだ。つまり「生命」は、「言葉」としてのみ「現在」と遭遇することができる――「生命の活動を精神のはたらきとして包括できる緒口《いとぐち》は、言葉の概念のなかに含まれている」。この「生命を包括する言葉の概念」は、高度資本主義の達成された社会では、もう一つの問題を派生させざるをえない。それは「言葉の概念と言葉が喚《よ》びおこす像《イメージ》とのあいだにはどんな関係があり、それがどう根拠づけられるか」ということである。さらに「この問題は言葉の像《イメージ》と現在いたるところでぶつかる高次な映像の関係ということからも、この稿で切実になって」いたのである。

吉本は、この「言葉の像」と「高次の映像」が交錯する場所を「超概念」として明確化する（7　超概念　視線　像）。具象的で、生きている「言葉の像」はまず「概念」として抽象される。「概念」とは、具体的な物質のイメージを、その対象に関係づけられるあらゆるものを地面に平行な視点（つまり「人間」という視角）から無数に取り集め、そのなかに折りたたみ詰め込んだものである。対象としての物質のなかに「視られた生命の線条」が、「無数回折り畳まれたもの」ということになる。あくまでも「人間」の視覚を離れない「水平的」なこの「概念」に、「人間」を超えた地点から――瀕死者、宗教者、神秘主義者によって、またそのような体験を擬似的に体験させる現在の「高度情報技術」によって――可能になった「垂直的」な視点が交差する時、そこに「超概念」が生まれることになる。

「超概念」は、「概念」によって「自己客体視され」折りたたまれたものを、さらに「無数回フラクタル曲線」として展開することになる。このような「超概念」が可能になるためには、「人間」が死に瀕するように、「概念」自体もまた死に瀕しなければならない。このとき、「言葉」はある新しい次元を確立すると同時に、「人間」とそれが生み出す「概念」を徹底的に解体してしまう。そこでは「自然」さえその意味を変えてしまうであろう

（人工と自然の間に区別をもたない「超自然」の領域が前景化される）。さらにそこでは、「超概念」としての、つまり「高次のイメージ」（ハイ・イメージ）としての言葉を生きざるを得ない者は、同時にその言葉を病む者としてしか存在できないのである。

「人間」は破壊され、「超自然」を構成するあらゆる存在にひらかれ、そして内閉することになる。高次のイメージがさまざまに乱舞するなか、「人間」は「絶えずくぐもった音声でぶつぶつと独り言をつぶやいている」か「音声をまったくなくして緘黙《かんもく》している」ことしかできないであろう。しかしそのことによって「人間」は新たな自然を生きる「草木や虫や獣の世界へゆく入り口をさがしている」のである（3 言語 食物 摂取）。『ハイ・イメージ論』で抽出された類型としての分裂病者たち、すなわち現代の芸術家たちが、「原型」としての表現者にして「母型」を生きる表現者として、ここに転生しているのである。

3 アフリカ的段階へ

詩の言葉、その意味にしてイメージを限りなく遠い未来に探っていくことは、同時にその詩の言葉、意味にしてイメージを生命そのものの基盤にまで探っていくことにつながる。未来は過去に通じ、特殊は普遍に通じる。『ハイ・イメージ論』と『言葉からの触手』の達成をもとにしてあらわされた『母型論』と『アフリカ的段階について』は、思想家にして表現者、批評家としての吉本隆明の到達点を示している。

人類の普遍相へ

吉本隆明は、自ら、『母型論』（学習研究社、一九九四年）について、「わたしの主要な仕事の一里塚で、天皇制以前という原点から発して、現在の〈アフリカ的段階〉論までに至る過程の評論集」であり、なおかつ「言語、性、種族、精神病理、民族語などの考察」であると述べている。

事実、この書物は、この後まとめられた『アフリカ的段階について』とともに、九〇年代に入ってそれまでの探究のモチーフのすべてを人類の「普遍相」の抽出という点にまで凝縮し総合させた、吉本思想の到達点というべきものとなっている。そして、この論考が可能になるためには、なによりもまず天皇制を相対化するための「根柢」を沖縄問題に探った七〇年代の「南島論」の視点が、八〇年代の『ハイ・イメージ論』に代表される「世界都市論」によって拡大され、進化させられる必要があった。

なぜなら、「国家」という軛《くびき》を脱するためには、現代においては、まったく異なった二つの方向から、同時に、人間の「普遍相」に到達し、そこからすべてを相対化していかなければならないからだ。一つは、人間の生活の「基層的」なイメージを過去の発生の時点にまで掘り下げていくことであり、もう一つは、世界都市として実現されつつある「重層的」なイメージを限りのない未来からの視点（世界視線）によって逆に照射することである。それらは、ともに手を携えて偽りの「対立」を解体し無効にする。今現在ある自分という「段階」から、普遍性の方へ向かって、上方と下方からの離脱と解体を、同時に果たさなければならないのだ。そこではじめて、人類の「母型」が開示されるのである。

このように吉本が定義する「母型」とは、「南島」を梃にして人間という「種」が形づくる共同体の発生状態に遡行するという試みだけには還元されない。人類の普遍性という点で、そこには同時に、『心的現象論』で明らかにされた、私という「個体」の心的現象の起源へと遡る試みが重ね合わされているのである。だから『母型論』は、『共同幻想論』と『心的現象論』をより根源的な地点で出会わせるという課題をも果たすのである。そして両者がともに発生してくる「母型」は、母親と胎児の間の「絶対的な関係」、さまざまな意味の萌芽を内包し、言語化される以前の、たゆたう「大洋」の世界といった共通のイメージから描き出される。

だが、その「大洋」の世界は、科学的かつ一元的に言語化されてはならない。あくまでも、「生涯の経験知を叡智にまで凝縮した円熟期」に入った柳田国男が『海上の道』を書いたように、「世界観を凝縮したイメージ」によって造成されなければならないのだ。すなわち『母型論』とは、一つの文学「作品」になるのである。だから、ここには吉本の全作品を通じて、最も美しいイメージがいたるところにちりばめられている。そして、このような考察を徹底するために、吉本は、あらたな一つの理論を発見しなければならなかった。

それこそが、解剖学者であった三木成夫《みきしげお》の提唱した「胎児の発生学」だったのである。三木は、宮沢賢治にも大きな影響を与えた進化論者エルンスト・ヘッケルの「個体発生は系統発生を繰り返す」という有名なテーゼを、実証的に、なおかつイメージ豊かに復活させた。胎児（個体発生）は、母の胎内で成長する過程で、それまで生物が進化してきたあらゆる段階（系統発生）を繰り返し、その進化の果てにこの世界に生まれ出てくる。この理論において、吉本が夢見た「個体」の発生過程と「種」の発生過程は、文字通り一つに重なり合うのである。

吉本は、三木によってあらためて見出されたこの根本的な「母親と胎児」の関係を、『母型論』で展開されるすべての考察の基礎に据える。それは「母型」の関係であるとともに、すべての関係の「母型」である。それはまた根源的な「性」の関係であり、そこでは栄養摂取の行為と、原初的な性の行為が区別されない。そのような場所ではじめて、母子の間で言葉以前の萌芽状態にある意味のやりとりが可能になるのである。「母」との関係によってのみ、あらゆる「個体」はこの世界のあらゆる意味（「異常」というかたちに偏差を受けたものも含めて）を受け取る。それは「個人言語」の起源（母語）であり、また同時に「種族言語」の起源（語母）でもある。

「母」の像の根源には、「大洋のイメージの世界」が見出され、それは「母音そのものが言語としての意味をもつ」世界へと展開する。そこには「あらゆる自然事象と現象を擬人化し、命名せずにはおられない発生機の習俗が関わって」おり、その世界は擬音語や擬態語で、あるいは「感覚と感情の織物」として、つくりあげられている（以上、「大洋論」より）。この「自然の景物のなかにとび交っている自然音の、とても近くにある」言語こそ、人間の個体においては「乳幼児」が、種族においてはマライ・ポリネシア語族に通じる三母音で構成された「南島」の起源に想定される人々が、自然にまみれながら使っていた言葉なのである（以上、「語母論」より）。

吉本思想の到達点

『母型論』において描き出された根源的なイメージの世界を、一つの「史観」としてまとめ上げたものが『アフリカ的段階について』（春秋社、一九九八年）である。『母型論』とともに、この『アフリカ的段階について』で、吉本隆明の思想は完成したといってよい。その背景には、自ら「死」に瀕するという体験があった。入院した病室のベッドのうえで、手持ちのわずかな資料をもとに、あらゆる想像力を駆使し、すべてのモチーフを結晶させて、そこではじめて、それまで漠然としたつながりしかもっていなかった主題群が一つの体系にまで高まることが可能になったのである。

『母型論』が、胎児という「生」の側から見られた、言葉以前の風景であるなら、この『アフリカ的段階について』は、自らの「死」を契機に、おなじ風景のなかに「生」と「死」が共存し、相互に転換する様を見ることを可能にしたといってよいであろう。そこではじめて「自由」という概念の新たな意味づけが完成したといってもよい。吉本は、「生」と「死」が等しくなる地平を、これからの未来に人間がとるであろうあらゆる変化の可能性のすべてを潜在的なかたちでもっている「草原」を成立の条件として、そこに人類発生の地点から現在の最先端の都市にいたるまであらゆる人間の生活の層が積み重なり散在している、アフリカ大陸のなかに見出している（この議論は「南島論序説」による）。

ここで『母型論』に描かれた南島の、あらゆるイメージを産出する「大洋」は、変化の潜在的な可能性そのものであるアフリカの「草原」に接合されたのである。しかし、この〈アフリカ的段階〉という概念は、実は吉本のテクストのなかに、これ以前に一九八〇年代なかばの論考から（特に天皇論と南島論において）盛んに用いられるようになっていたものでもある。ただその場合には、どうしてもマルクスの〈アジア的段階〉という概念と連動して、文明を外在的に区別するために用いられるという意味合いが強かった。日本の国家の形成を考えるために、天皇制以前の部族国家が可能になった弥生時代を〈アジア的段階〉、それ以前の縄文時代を〈アフリカ的段階〉と捉える、といったように。

だがこの書物において、〈アフリカ的段階〉の内在的、精神的な価値を、ただそれだけで積極的に評価する視点がはじめてはっきりと確立されたといってよい。そこでまず主張されているのは、〈アフリカ的段階〉という概念を、「人類史のいちばん多様な可能性をもつ母型（母胎）」概念として、すべての考察の基礎におき、「史観を拡張して現代的に世界史の概念を組みかえ」るということである。それは今まで、「文明の外在史」として、野蛮としてしか捉えられてこなかった〈アフリカ的〉な生の在り方を、「精神の内在史」として捉え直すということを意味している。

そうした価値転換こそが、人類の母型、「人類の原型」にまで至る唯一の通路なのである。そこ、アフリカでは、「天然は自生物の音響によって語り、植物や動物も言葉をもっていて、人語に響いてくる」。そういった認識は、無知や蒙昧《もうまい》、さらには「迷信や錯覚ではない仕方で、人間が天然や自然の本性のところまで下りてゆくことができる深層をしめしている」のである。つまりアフリカ――より正確には、理念として措定された「アフリカ的段階」――では、「外在的な野蛮、未開、無倫理の残虐と、内在的な人間の母型の情念が豊饒に溢《あふ》れた感性や情操の世界とは、たぶんおなじ」ものなのである。『母型論』でイメージ豊かに描かれた世界の本質が、ここでは一つの生の価値づけとして捉え直されている。そして、さらにその世界を「段階」として考えなければならないのである。「段階」とは、空間的概念を時間的概念に変換することを可能にし、時間概念を空間概念に変換することを可能にする歴史哲学的な指針である。

その指針をアフリカにとると、こうなる。「この普遍性のある未明の社会の風習や生活を現在も保存しながら同時に、西欧やアメリカの近代文明の洗礼をうけて高度な文明社会を実現した諸都市をも現存させている「アフリカ」大陸を典型として択べば、世界のどの地域にもあてはまる普遍性をもった「段階」という概念を取り出すこと」が可能になる。つまり、この〈アフリカ的段階〉はそれ自体によって「文明の外在史」と「精神の内在史」を転換することを可能にするのである。このような〈段階〉だけが、世界史の新たな哲学と、世界史の新たな分類を可能にする条件をもつのである。

アフリカ的な〈段階〉は、原型であることによって、世界のあらゆる場所に見出すことが可能である。「固有アフリカの現在のさまざまな問題は、南北アメリカの固有史にもあるし、日本列島の原型的な固有性を残しているアイヌや琉球や本土の固有の古典史にも存在している」。世界のあらゆる場所を、このような潜在する価値転換の可能性として見ること。おそらくそれは、この世界を根底から変革するための、新たな第一歩となるであろう。

『母型論』と『アフリカ的段階について』は、文字通り、吉本隆明の思想の到達点を指し示している。もちろん、その見解を無条件で受け入れることはナンセンスである。両著書で吉本が参照している資料類についても、現在では、種々の疑義が提出されている。しかし、それでもなお、個人の発生史と種族にして人類の発生史を一つに結び合わせ、個人のドラマにして人類のドラマとして語り尽くすという「最後の吉本隆明」の姿には大きな感銘を受ける。来たるべき批評は、このようなかたちをとるべきであろう。

吉本隆明が切りひらいてくれた表現の可能性を、批判的かつ批評的に継承していく。それこそが、吉本隆明という巨人がわれわれに託してくれた遺言であるはずだ。

4 〈信〉の解体

最後の吉本隆明は、自らの探究の起源に螺旋を描いて回帰していく。

戦争を生み出した「共同幻想」としての国家が死滅したあと、そこには一体何が残るのか。もしかしたら、そこには国家の戦争を超える剝き出しの暴力、剝き出しの「悪」しか残っていないのかもしれない。人間のはじまりにして人間の終焉でもあるそうした「無」の場所、ゼロの場所に立ち続けること。それが、吉本隆明の最後の教えである。

解体される共同幻想

吉本隆明が生涯の課題としたのは、人間という生物に固有の、創造と狂気をともに「私」にもたらす心的世界の解明である。心的世界は、自然と身体の挟間に、しかもその両者から二重に疎外された場所（トポス）に存在し、二つに引き裂かれている。「生命体は、外側を無機的自然に開き、内側を〈身体〉に開くひとつの混沌とした心的領域を形成している」。

だからこそ、「心」とは、意識と同時に幻想が発生してくる位相的（トポロジカル）な場そのもののことでもあるのだ。「わたしは外界の無機的な自然物をみているのと同じように、わたしの〈身体〉をみている。このとき、わたしの〈心〉は、外界の無機的な自然物と、わたしの〈身体〉という有機的な自然物からと共通に抽出され、疎外された幻想領域を保存している」（以上、『心的現象論序説』冒頭の第Ⅰ章より、引用は角川文庫版による）。
人間が生命体として宿命的にもたなければならない幻想の領域は、このような二重の「異和」、二重の疎外のもとで発生してくる。そのため必然的に、そこには修復しがたい「裂け目」が生じることになる。「外界から疎外された幻想と〈身体〉から疎外された幻想とは錯合し、すれちがい、割れ目をあたえるのである」。幻想という裂け目を、二重に疎外された自らの「内」に抱えたまま生きること。それは人間という生命体における、個と類というお互いにまったく相容れることのない存在のあり方を調停することでもある。個における消滅と類における永続を……。

個人のもつ破壊的で反社会的な幻想を、他者との性的関係を軸とした対幻想を媒介とすることによって、ちょうど個人の幻想とは倒立した――つまりは個人の幻想を圧殺するような――かたちで存在する共同の幻想へと接合すること。類の永続と個の消滅を、生命の連続と非連続を、幻想によって一つに重ね合わせてしまうこと。その時、個人の幻想は、対幻想とともに、その極限の地点において、共同の幻想によって「侵蝕」され尽くしてしまうのである。それが「死」と呼ばれる場所なのだ。人間は限りなく「死」に近づいてゆくことによって、また、「死」の場所（「他界」）に自ら立つことによって、幻想を発生させるメカニズムと、その幻想を解体させるメカニズムの両方を、その手にすることができる。

そのときはじめて、「死」は無化され、解体されるのである。

共同幻想の解体。それは人間という生命が孕む謎を解き明かし、人間という自明な存在を根底から破壊し、そこに新たな存在――創造性と狂気が同一の地平に重なり合うような存在――へと至る道をひらくことに等しい。それが宗教の、そして表現の、さらには思想の、最も重要な課題となるのである。つまり吉本にとって、幻想が発生してくる場を思考することは、それを消滅させる場を思考することと別のものではないのだ。それはまた、宗教の根源に存在する〈信〉の構造を過不足なく理解し、それを根底から解体することと等しい。〈信〉とは、〈信〉の解体によってはじめて成就されるなにものか、なのである。

吉本にとって、宗教の発生と詩の発生とは、共同幻想の発生――三つの幻想領域の「錯合」――と切り離すことができない、同一の事態をあらわす表と裏なのである。だからこそ、死とともに立ち現れる共同幻想を無化するために、共同幻想が生まれ出てくる過程を徹底的に追求しなければならなかったのだ。幻想生成論は、幻想解体論に直接つながらなければ、なんの意味ももたないのである。

吉本に、このような幻想が発生してくる場の具体的なヴィジョンをもたらした最初の人物は、宮沢賢治である。「銀河鉄道の夜」などで特異な「童話的世界」を描き切り、生きたまま「臨死体験」に近いイメージを自由自在に抽出することのできた稀有な表現者。そして、自らの詩的表現の中核に、「幻想が向ふから迫つてくるときは／もうにんげんの壊れるときだ」という、『共同幻想論』の結論を先取りするかのような究極の一節（「銀河鉄道の夜」の一つの原型である詩篇「小岩井農場」パート九より）を記すことができた詩人。吉本は自らの表現者としてのキャリア、さらには思想家としてのキャリアを、ともに賢治の童話的世界に対抗し、それを独自の方向に消化してゆくことからはじめた。

賢治の童話的世界とはまさに、人間の通常の知覚、認識能力が崩壊した時にはじめて出現する、根源的な幻想領域をあらわにしたものであった。そして、七十歳を超え、自らの思索についての一つの重要な決算であった『ハイ・イメージ論』三冊を書き上げた吉本の前に、運命は最後の挑戦者を差し向けた。濃厚に賢治的な資質をもち、それを究極の「悪」にまで突き詰めていった一人の宗教家、オウム真理教の教祖、麻原彰晃である。麻原は賢治と同じように、「死」のイメージを精神と身体の極限から思考した。だからこそ、吉本にとって麻原は特権的な対象、雌雄を決しなければならない最後の対話者となったのである。

最後にたどり着き、力尽きた場所

普遍的な思想は、現実世界の具体的な事柄を徹底的に考察した上で、その結果として、実現されなければならない。吉本隆明が最後に到達し、鋭い批判とともに力強く肯定したのは、都市と自然、人工と野生の区別を不可能とする「超資本主義」の世界であった。おそらくその点に、「大衆」を肯定した吉本隆明の思想の長所も欠点も、可能性も不可能性もともに表明されている。「超資本主義」は現在、最も破壊的な力を世界全体に対して振るおうとしている。しかし、そうした「超資本主義」を否定することはまた、「大衆」として生きる自分自身を否定することでもある。「超資本主義」を条件としながらも、「超資本主義」を根底から解体していくこと。吉本隆明が最後にたどり着き、そこで力尽きた場所にわれわれもまた立っている。いまだ解決のつかないそうした困難な課題に立ち向かうためにも、吉本隆明の最後の蹉跌《さてつ》を直視しなければならない。

この列島において、超資本主義の発展の極で、逆に社会を根底から崩壊させかねない二つの重要な事件、「世紀末最悪の世界史的な出来事」が相継いで生起し、吉本に自らの思想の根本的な再検討を要求した。一九九五年における阪神・淡路大震災とオウム真理教による地下鉄サリン事件である。自然と人為による無差別な大量殺戮《さつりく》。現実における「死」のあからさまな露呈。この二つの事件のあとでは、誰もが、「世界的な大都市で一瞬のうちに防ぎようのない大量殺害（地下鉄サリン）や大量死傷（阪神大震災）を体験し、その体験の意味を反芻《はんすう》することから逃れることができなくなった」のだ（『大震災・オウム後　思想の原像』徳間書店、一九九七年、「序」より)。人間は、自然という外部から、また「死」という意識の内部から、自らを再考する必要に迫られたのである。吉本にとって、特に後者、オウム真理教の教祖・麻原彰晃の思想は、「死」をめぐってこれまで構築してきた自らの幻想生成論を見事に要約し、反復するものとしてあった。

吉本が麻原の代表作『生死を超える』を書評した際、末尾に記された結論部分には、こうある(「『生死を超える』は面白い」より、『親鸞復興』春秋社、一九九五年、所収)――。

「(1)未開や原始の時代にはオセアニアや西南アジアや北アジアの種族にとって普通の実体験の世界で、現在のこの地域では痕跡しか残っていない心的な体験の世界を、ヨーガの修練で産出するのが、著者たちの信仰の中心ではないのかとおもえる。／(2)わたしの関心にひき寄せれば、この著者が生み出し、記述している肉体や感覚の体験は、分裂病者が無意識の強迫から作りだしている体感や感覚異常の体験の世界を積極的に自在に作ることができていることを意味するのではないか。／(3)ヨーガの修練で臨死の体験のイメージ、死後の体験のイメージ、そこから子宮や卵子のなかに入り込んでふたたび転生したというイメージを、連続したプロセスとして産出できることが、生と死を超えた永生という理念をつくる根拠になっている。／(4)浄土教以前にあった仏教各派の修行が何をやっていたのかが、この本の記述でとてもよく理解できる気がする」

吉本のこのような麻原評価は、オウム真理教の事件以前においても、さらには以降においても決して揺らぐことはなかった。もちろん吉本は、麻原の行為や思想のすべてを安易に容認したわけでも、また対話不可能な狂気として葬り去ったわけでもない。ここに吉本の思想家としての一貫性が存在している。そして死に至るまで、そのような視点を保ち続けたことは、きわめて貴重であったと思われる。

麻原は、賢治も間違いなく自らの内に抱えていた童話的世界の「悪」を体現する存在だった。童話的世界を生きるために、賢治は、現実と幻想という区別を超えた、天上世界に棲息する「巨大なすあし」をもった未知なる生物、光の「天人」になることを願った。しかし、それは、この地上では「堕天使」、すなわち「修羅」として実現されるしかなかったのである。賢治は自らの内なる修羅を詩として表現した。そして麻原は自らの内なる修羅を、文字通り、剝き出しの暴力として表現したのである。

詩と殺戮。両者は「死」を徹底的に探究し、それにこれ以上はない表現を与えたという点において等しいものなのだ。無関係者の無差別大量殺戮として実現するポエジー。しかしながら、そのようなヴィジョンは、田中智学《たなかちがく》の侵略的かつ好戦的な『法華経』解釈を己の生の指針とした賢治と無関係にあるわけではない。吉本隆明が宮沢賢治から思索をはじめ、麻原彰晃との遭遇によって、そこからさらなる一歩を踏み出さなければならなかったのは、偶然ではなかったのだ。

オウム真理教の教えは、身心の修練の果てに、いかにして「死」の状態を作り上げるかということを重視する点で鎌倉以前の仏教の流れ全体を総括するとともに、その典型ともなっている。だからオウム真理教はサリン事件と結びつくことによって、旧仏教の教えにとどめを刺すとともに、殺戮の次元を一挙に新しい次元に引き上げ、「現実批判あるいは現実の政治批判、国家批判の次元を大きく飛躍させた」と言うこともできるのである（以上、「わが情況的オウム論」より、『尊師麻原は我が弟子にあらず』徳間書店、一九九五年、所収）。

このオウム真理教が提出したアポリアを乗り越えるために、吉本は、幻想を解体させる方法を磨き上げ、それを〈信〉に至るための重要な過程《プロセス》とした唯一の宗教家である親鸞の営為をあらためて検討し直したのである。そして麻原が体現した「悪」の問題を、親鸞の悪人正機の説や、「造悪論」の観点から捉え直そうとした。市民社会を超えようとしてなされた人間的な「悪」の問題を、絶対的な慈悲の存在である仏のもつ普遍的な「悪」に包括させ、その意味を転換させることによって。「［親鸞は］造悪というか、悪をすすんでつくる「極悪深重の輩」をじぶんの〈善悪〉観のなかに包括できるという確信をもてるようになるまでかんがえぬいて、それで「善人なほもて往生を遂ぐ、いはんや悪人をや」ということを言ったんだというふうにぼくはかんがえてみました」（『宗教の最終のすがた　オウム事件の解決』春秋社、一九九六年）。

この相対的な「悪」を解体（無化）する、親鸞にとっての絶対的な場所は、「死」とダイレクトにつながるものでもあった。親鸞もまた、疑いもなく、生と死の間に広がる一つの場所、幻想の領域を〈死〉として考え抜いた思想家だった。しかし、親鸞はその〈死〉を通過することによってはじめて人が到達できる浄土を、華麗なイメージで描き出すことを断固として拒否した。親鸞は、なによりも〈死〉にとどまり続けることを主張したのである。現世の生にも死後の世界（他界）である浄土にも直通できる〈死〉の場所。親鸞はそれを「正定聚」の位と名づけた。それは生の側からは死の全体を、また死の側からは生の全体を眺めることを可能にする、特権的で両義的な場である。

オウム以前から、吉本は、親鸞の提唱するこの「正定聚」の位を、「非知」の場として思考していた――「親鸞は、〈知〉の頂きを極めたところで、かぎりなく〈非知〉に近づいてゆく還相の〈知〉をしきりに説いているようにみえる」（『最後の親鸞』より）。

オウム以降、吉本はこの「非知」の場所に立ち現れてくるものをさらに凝視しようとした。それは色も形もない「無」そのものとなった仏、「無上仏」の姿なのである。悪や愚を、さらには幻想や〈信〉そのものさえ「非知」へと還元し、さらにはそれらすべてを「無」へと消滅させてしまうこと。おそらくここに吉本の幻想解体論の極致がある。しかし、この「無」の場所に、人間は果たしてこれまで通りの生の在り方を続けることができるのであろうか。

戦争の「母型」

あらためて、最初の問いに戻りたい。「なぜ人は、破滅的な幻想に巻き込まれるのか？」。自らが滅ぼされると分かっていながら、なぜ戦争に、根源的な破壊に、我を忘れて熱狂してしまうのか。吉本隆明が、文字通りその生涯を通して考え続けた問いである。しかし同時に、そのはじまりから、吉本は、きわめて簡潔に答えを提示してくれてもいる。それは「心」をもってしまったからである。吉本的な語彙を用いて説明するならば、外的な自然（環境）からも、内的な自然（身体）からも二重に疎外された「心的な領域」をもってしまったからである。破滅的な幻想の原因、戦争の母胎にして戦争の「母型」とは、人間がもたざるを得なかった「心」にこそ存在している。

ほぼ同時に書き進められた『共同幻想論』と『心的現象論序説』は、まさにそうした、人間がもたざるを得なかった「心」の構造を徹底的に探究したものであった。『母型論』と『アフリカ的段階について』で、「心」の探究は、いわば人類史の起源にまで到達してしまう。「心」は、さまざまなイメージ（幻想）を生み出す「母型」である。大海原のような、大草原のような、創造的なゼロ（「無」）である。同時に、すべてを「解体」してしまう、つまりはすべてを破壊し尽くしてしまう、破滅的なゼロ（「無」）でもある。

親鸞は、そのような解体的でもあり創造的でもあるゼロに、この身をもったまま還ることを説き、実践した。ゼロとしての「心」からは、二重の疎外を乗り越えて、内的な自然にして外的な自然とダイレクトに結びついた始原の言葉、始原の詩が生まれてくる。しかし、そうした始原の言葉、始原の詩は人間そのものを、内的な自然および外的な自然ともども破壊してしまう力をもっている。「幻想」（イメージ）が向こうから近づいてくる「時」とは、もはや人間が跡形もなく壊れ果てる「時」でもあるのだ。

宮沢賢治の裏面には麻原彰晃が潜み、麻原彰晃の裏面には宮沢賢治が潜んでいる。戦争を真に理解するためには、人間のもつ「心」の構造を真に理解しなければならない。極東の列島に固有の問題であるとともに、人類にとって普遍の問題でもある。近代的な問題であるとともに古代的な問題でもある。

問いはいまだひらかれている。

後記

来たるべき批評の未来に向けて

本書全体の基盤となったのは、河出書房新社から二〇〇四年二月に刊行されたKAWADE夢ムック『文藝別冊　吉本隆明』の巻末に付された「吉本隆明ブックレビュー」である。いまだ最初の編著書（『初稿・死者の書』）も著書（『神々の闘争　折口信夫論』）も出版する以前、批評家としての歩みをはじめたばかりのまったく無名の私に、吉本隆明の主要著作すべてについてのブックレビューがまかされたのである。当時、編集を担当していただいた阿部晴政さんに深く感謝申し上げたい。

私は、吉本隆明の著作を読み解くことから、自身の批評の方法を身につけていった。私にとって吉本隆明の仕事は、まさに批評の原型であり、原型としての批評であった。吉本隆明の批評はすべて、表現の生まれ出てくる根源的な場所（「母型」）を目指して書き進められていた。その結果、吉本の批評が対象とする領域は、狭義の文学に限られないことになった。心理学、歴史学、社会学、民俗学、人類学、考古学等々、吉本は人文諸科学のあらゆる成果を貪欲に消化吸収し、自ら独自の理論として磨き上げていこうとした。しかも現実の世界の情況に真摯に対応しながら……。それゆえ、それぞれの学問分野から、あるいは一部のメディアや表現者たちから激烈な批判を受けることになった（もちろんそのなかにはきわめて正当なものもある）。

しかし、吉本はそうした批判に決してたじろがなかった。自らの進むべき道を一直線にきわめていった。私は、吉本が進んだ方向に表現の未来、「批評」の未来があることを確信している。私にとって吉本隆明を読むとは、そうした事実を確認することであった。そういった意味で本書は批評家としての私の起源であり、同時に一つの帰結でもある。

自分の原点にあたる仕事をあらためていま、一冊の書物として世に問い直すことができて深い感慨を覚えている。その後、いくつかの媒体から、吉本隆明についての論考を求められた。それらはいずれも、先述したブックレビューに記した見解をもとにまとめられている。それゆえ、「はじめに」にも記した通り、重要な箇所であればあるほど、似たような表現が繰り返されることになってしまっている。しかし、私にとってはいずれも意義のある反復であった。それゆえ、今回、吉本隆明論として一冊にまとめ直す際にも、基本的には、それぞれの媒体に発表したかたちを崩さず、しかし重複はなるべく削るようにした（それでもいまだ多く残っていることをお詫びしたい）。初出は左記の通りである。

「はじめに」――『吉本隆明全集18　1980―1982』（晶文社、二〇一八年）の月報に「「母型」を求め続けた人」として発表。ただし後半は、本書のために書き下ろした。

「詩語の発生」――『現代詩手帖』（思潮社）、二〇〇六年五月号に「吉本隆明から折口信夫へ」というサブタイトルを付して発表。

「イエスと親鸞」――『現代思想』（青土社）、二〇一二年七月臨時増刊号「総特集　吉本隆明の思想」に発表。

「異族の論理」――『神奈川大学評論』（神奈川大学）、第六六号（二〇一〇年）「特集・民俗学と歴史学」に「柳田國男と吉本隆明」というサブタイトルを付して発表。

「〈信〉の解体」――『現代思想』（青土社）、二〇〇八年八月臨時増刊「総特集　吉本隆明肯定の思想」に発表。


最後に、吉本隆明の著作でもし一冊をあげるとしたら、という問いにはこう答えたい。『言語にとって美とはなにか』『共同幻想論』『心的現象論序説』によって自らの思想を完成させた吉本が、そこからさらなる一歩を踏み出そうとして、生前はついに完結することができなかった『全南島論』（作品社、二〇一六年）である、と。

吉本隆明 年譜

一九二四年（大正一三）　一一月二五日、東京都京橋区（現在の中央区）に生まれる
一九三七年（昭和一二）　四月、東京府立化学工業学校に入学
一九四二年（昭和一七）　四月、米沢高等工業学校応用化学科に入学
一九四四年（昭和一九）　一〇月、東京工業大学電気化学科に入学
一九四七年（昭和二二）　九月、同大学を卒業。以後、いくつかの中小工場で働く
一九五一年（昭和二六）　四月、東洋インキ製造株式会社に入社。五五年まで勤務するかたわら、詩作に没頭する
一九五二年（昭和二七）　八月、詩集『固有時との対話』を自費出版
一九五六年（昭和三一）　九月、最初の著書『文学者の戦争責任』を刊行（武井昭夫との共著）
この頃から六〇年にかけて、文学者の戦争責任をめぐって花田清輝と論争
一九五七年（昭和三二）　五月、黒澤和子と入籍
七月、『高村光太郎』を刊行
一九五九年（昭和三四）　二月、「マチウ書試論」「転向論」などが収録された『藝術的抵抗と挫折』を刊行
一九六〇年（昭和三五）　六月、六〇年安保闘争の六・一五国会抗議行動で逮捕。二晩留置さ

れる

一九六一年（昭和三六）　『試行』創刊。同誌にて「言語にとって美とはなにか」連載開始

一九六八年（昭和四三）　一二月、『共同幻想論』を刊行

一九七一年（昭和四六）　九月、『心的現象論序説』を刊行

一九七六年（昭和五一）　一〇月、『最後の親鸞』を刊行

一九八二年（昭和五七）　一月に公表された中野孝次らによる「文学者の反核声明」を批判

一二月、『「反核」異論』を刊行する

一九八四年（昭和五九）　七月、『マス・イメージ論』を刊行

八月、「アンアン」（九月二一日号）にファッション論を寄稿し、自身も「コム・デ・ギャルソン」の服を着て誌面に登場。翌年の埴谷雄高との「コム・デ・ギャルソン論争」に発展する

一九八七年（昭和六二）　一〇月、次女・吉本ばなな（旧筆名・よしもとばなな）が『キッチン』で第六回「『海燕』新人文学賞」を受賞しデビュー

一九九六年（平成八）　八月、家族と滞在中の西伊豆土肥海岸で遊泳中に溺れる

一九九七年（平成九）　一二月、「試行」終刊号（第七四号）を発行

一九九八年（平成一〇）　一月、『アフリカ的段階について』を刊行

二〇〇四年（平成一六）　二月、下血により緊急入院。検査で発見されたがんの摘出手術を受ける

二〇一二年（平成二四）　一月に発熱により入院した後、三月、肺炎により死去

校閲・玄冬書林　ＤＴＰ・早乙女貴昭

安藤礼二（あんどう・れいじ）
1967年東京都生まれ。文芸評論家、多摩美術大学美術学部教授。早稲田大学第一文学部卒業（考古学専修）。出版社の編集者を経て、2002年「神々の闘争――折口信夫論」で群像新人文学賞優秀作に選ばれ、批評家としての活動をはじめる。2009年に『光の曼陀羅　日本文学論』（講談社）で大江健三郎賞と伊藤整文学賞を受賞。2015年には『折口信夫』（講談社）で角川財団学芸賞とサントリー学芸賞を受賞。著書は他に『大拙』（講談社）、『列島祝祭論』（作品社）など。

シリーズ・戦後思想のエッセンス
吉本隆明
思想家にとって戦争とは何か

2019年11月25日　第1刷発行

著　者　安藤礼二

発行者　森永公紀
発行所　NHK出版
東京都渋谷区宇田川町41-1　〒150-8081
電話　0570-002-247（編集）0570-000-321（注文）
ホームページ　http://www.nhk-book.co.jp
振替　00110-1-49701
装幀　水戸部 功
印刷・製本　共同印刷

Printed in Japan　ISBN978-4-14-081803-9 C0010

シリーズ・戦後思想のエッセンス
編集協力　大澤真幸・中島岳志

戦後思想の到達点 柄谷行人、自身を語る　見田宗介、自身を語る
柄谷行人（思想家）、見田宗介（社会学者、東京大学名誉教授）
インタビュー・編 大澤真幸（社会学者）

吉本隆明 思想家にとって戦争とは何か
安藤礼二（文芸評論家、多摩美術大学教授）

石原慎太郎 作家はなぜ政治家になったか
中島岳志（政治学者、東京工業大学教授）

続刊予定

2020年4月
丸山真男　白井 聡（政治学者、京都精華大学専任講師）

2020年7月
柄谷行人　國分功一郎（哲学者、東京工業大学教授）
